背の眼(上)

道尾秀介

幻冬舎文庫

背の眼（上）

上巻　目次

――レエ……オグロアラダ……ロゴ……

家に帰りたいのに――。
もうすぐ暗くなるのに――。
お祖父さんが待っているのに――。

――レエ……オグロアラダ……ロゴ……

怖いよ――。
やめて――。
切らないで――。

――レエ……オグロアラダ……ロゴ……

切らないで――。
切らないで――。
天狗の面をあげるから――。

――レエ……オグロアラダ……ロゴ……

(平成十四年十月六日消印)

拝啓　真備庄介先生

突然の手紙で失礼いたします。私は都内の企業で働いております二十九歳のＯＬです。知人から真備先生が心霊現象の研究をされていると聞き、いま私の抱えております悩みについてご相談をさせていただきたく思い、手紙を送らせていただきます。

私の悩みというのは、先日亡くなった、私の仲良しだった友人Ｓ美に関することです。同封した写真に浴衣姿で写っている二人のうちの右側、川の中を覗き込むようにしてこちらに背を向けているのがＳ美です。

写真は、私とＳ美と、もう一人の友人とで、今年の夏、福島県の白峠村という場所へ旅行に行ったとき、私が撮ったものです。宿泊した民宿の近くに奇麗な川があったので、そこまで三人で夕涼みに出かけたときの写真です。

お気づきでしょうか。カメラに背を向けているＳ美の背中、長く伸ばした髪の真ん中あたりに、こちらをじっと見つめる二つの眼のようなものが写っています。

旅行から帰り、写真を現像したとき、私たちはすぐにこの眼のようなものに気がつきました。でもそのときは三人とも、ただ「気持ち悪いね」などと言い合っていただけでした。心霊写真というものがあるなんて、私たちは信じていなかったので、きっとカメラのフラッシュがS美の髪に反射して、たまたま二つの眼のような形になって写ったのだろうと決めつけていました。

それから一ヶ月後、九月半ばになって、S美は自殺しました。突然のことでした。会社を無断欠勤したのを心配して、私ともう一人の友人とで彼女のアパートを訪ねてみると、キッチンで手首を血だらけにして死んでいたのです。右手に握った包丁で、左手の手首を切り裂いていました。

S美のご両親は、彼女が自殺した理由について、まったく心当たりがないと言っています。私もS美の死ぬ前日までいっしょに会社で仕事をしていましたが、彼女におかしな様子は見られませんでした。自殺してしまうほど何かに悩んでいたということは、S美にかぎって絶対にありえません。もしそんな悩みがあれば、彼女はきっと私に相談していたはずです。

その後私は、S美の自殺について考えました。そこで思い出したのが、夏の旅行で撮ったこの写真です。

S美の背中に写っている二つの眼、こちらをじっと見つめているこの二つの眼が、彼女の死と何か関係があるのではないかと、私は思います。いっしょに旅行に行ったもう一人の友人に、そのことを話したら、彼女も私と同じ意見だと言っていました。

真備先生、この気味の悪い二つの眼は、いったい何なのでしょうか。S美はどうして自殺なんてしてしまったのでしょうか。

先生に霊視していただくことによって、S美の死の謎を知ることができるのではないかと思い、写真を送らせていただきます。

まことに勝手ながら、お返事お待ちしております。

何卒(なにとぞ)よろしくお願い申し上げます。

敬具

第一章　オグロアラダ

一

電車がゆるゆると減速し、大きな溜息(ためいき)のような音を立ててI駅のホームに停車する。始発の水戸駅を出た時点から、ただでさえ少なかった乗客は、途中駅に停車するたびに一人二人と減っていき、いまでは車両内に私を含めて四人しか乗っていなかった。

屋根のない無人のホームに出る。

空気の冷たさにびっくりした。首をすくませて視線をめぐらすと、枯葉色の山並みのところどころに雪が見えた。平成十四年の年末に降った、年の内には珍しい全国的な大雪は、半月経(た)って、東京ではもうすっかり姿を消していたが、このあたりではまだまだ解けずに残っているようだ。

バッグの中を探り、予約した民宿『あきよし荘』から送られてきた案内状を取り出す。『ながめ最高！』『料理がイケる！』などという、あまり上手くない手書きの文字が並んだA4判のコピー用紙。下のほうに（これも手書きの）地図が描いてあり、それによると、あきよし荘はこのI駅からバスに乗り、白峠という停留所で下車、そこから徒歩二十分となっている。

「バスか――」

どのバスだろう。

一つきりの改札を抜けると、駅舎の窓口に、定年間近とおぼしき駅員が一人詰めているのを見つけた。私が近づくと、ほじくり出したばかりらしい自分の耳垢を、はじめて見るもののようにしきりに観察していた駅員は、ぽかんと口をあけてこちらに顔を向けた。

「白峠、というところに行きたいんですが」

「ああ白峠け――そしたらほれ、あそこんとこに停留所があるでしょうよ」

初老の駅員は、さびれた駅前通りの両側にある停留所の、手前のほうを指差した。

「あそこんとこで待ってな。こっち側の停留所だかんね、向こうっ側じゃないかんね、手前だかんね」

しつこいくらいに念を押す。

「白峠ってのは、ここからどのくらいかかります？」

腕時計の針はもう一時を回っていた。

「さあて、どのぐらいかかったっけかなあ」

わっがんねえなあと言ったあと、駅員はなんだか嬉しそうにくつくつと笑った。

「白峠なんて田舎、俺もうあんまし行かないかんね。じつを言うとさ、俺、昔あそこに住んでたんだ。昔っていっても、ほんとに昔だけどもね。十年以上前になるかなあ、その頃はバスなんてなくってよぉ――」

思い出話がはじまってはやっかいだと思い、私はなかば駅員の言葉に割り込むかたちで、

「じゃ、路線図か何かありませんかね。所要時間の書いてあるやつ」

「おお、あるよあるある――ちょっと待ってな。えぇとぉ」

駅員はそう言って窓口の奥に引っ込む仕草を見せた。が、ふたたびこちらに向き直ってカウンターからぐいと首を突き出すと、私のバッグをじっと見下ろす。

「やっぱしそん中に、七つ道具なんか入ってんのけ？」

「は――七つ道具？」

「カメラとか、コンピューターとかさ。あんたも新聞の人なんだっぺ？」

「新聞の人……」

困惑して相手の顔を見返していたら、駅員は「あ」と口をあけた。

「なんだ、違うのけえ。だってあんた、いかにも新聞の人って感じなんだもん、俺、またてっきり、あんたもあのへんの取材に来たのかと思ってよう。ここんとこあんまし来ねえけど、ちょっと前まではけっこう新聞の人とか雑誌の人が、こっからバスん乗って白峠のほうさ行ってたかんねえ」

「へえ……あのへんに何か有名な場所でも？」

「なんだあんた、知んねえのけ？　新聞記者みてえな顔して、ニュース見ねんだな。――事件よ事件、大事件」

どんな事件かと私が問うと、駅員はやけに声を低くして、

「――神隠しよ」

そう言った。

「ほれ、ここ何年か、あのあたりで神隠しがつづいてたでしょうよ。村で子供が消えるっていう」

「え、そうなんですか？」

「そうだっぺよ。消えちまったっぺよ子供が」

「へえ、そんな事件が――いったいどのくらい子供が消えてるんです？」

「どのくらいって、そりゃ十人も二十人も消えたわけじゃねえけどさ。四人よ。それも男の子ばっかり」

行方不明の子供が四人といえば、けっこうな数だ。全国の新聞にもそこそこ大きく載っていたことだろう。ちょっとしたきっかけから、私が新聞の三面を読まなくなって、もうずいぶん経つ。

「消えた子供たちは、まだ発見されていないんですか？」

「最初の一人は――まあ見つかったっぺがな」

「そうなんですか。そりゃあよかった」

「よくねえべよ」

「――よくない？」

私が訊き返すと、駅員はすいと私から視線をそらした。

「ありゃあ――天狗の仕業だ。このあたりにはなあ、昔っから天狗の伝説があるんだ。あの子も天狗に……」

そこまで話すと、駅員は何故だか急に言葉を呑み込んだ。

「おお、路線図だったっけか――ああっとぉ――ちょっと待っててな」

身振りだけ大急ぎの様子でわざとらしく窓口から引っ込むと、駅員はバスの路線図が貼ってあるらしい奥の壁を見上げて、ひぃ、ふぅ、みぃの、と呟いてから、「白峠は五つめだね、五つめ」と言って振り返る。

「まあここからざっと一時間くらいじゃねえの。もう急いだほうがいいんじゃねえかな、バス、そろそろ来っかもしんねえし」

「はあ――どうも」

頭を一つ下げ、私はどうにもすっきりしない気分で駅舎に背を向けた。

教えられた停留所に立ち、時刻表を覗き込んでみると、バスの到着時刻まではまだ二十分近くもある。わざと不満げな表情をつくって駅舎を振り返ってやったら、駅員と眼が合い、に、と笑いかけられた。

『爽やかテイスティ』と書かれた赤いプラスチックのベンチに腰を下ろす。吹き抜ける寒風に、思わず首をすくめた。もう少し暖かそうな場所で待っていたほうがいいかもしれないと、もういちど駅舎を振り返ると、うかつにも、そのときになってはじめて駅舎の一角にストーブの焚かれた小さな待合所があることに気がついた。しかしいまさらそこへ戻るのも大儀だったので、私はその寒風吹き抜けるベンチでバスを待つことにした。

ここI駅は福島県の山中にあり、乗車したS線の始発駅である水戸から延々三時間以上かかる。自宅マンションのある赤羽から計算すると、移動時間はすでに五時間が経過していた。

旅行に出るなど、何年ぶりのことだろう。

用事のない純粋な旅といえば、大学の卒業旅行が最後だったかもしれない。だとすれば、じつに十年ぶりだ。大学を出て以来、就職もせずに作家を志し、六畳一間でバイト生活を送っていた私に、遊ぶ余裕などなかった。最近になってようやく本屋の片隅に著書を置いてもらえるようにはなったが、それまで借りていたアパートが取り壊されることになり、家賃の高い現在のマンションに引っ越しを余儀なくされ――けっきょく、いまだに、食うのが精一杯の毎日だ。

きっかり二十分後に、道の向こうからバスが姿を現した。鄙びた駅前の様子から、どんなおんぼろがやってくるかと心配していたのだが、目の前に停車したバスは案に相違してごく見慣れた姿をしていた。車体に『福交バス』と書かれているのは『福島交通バス』の略だろうか。

走りだしたバスの車内は暖かかった。すっかりかじかんでしまった両手を股のあいだに挟み込みながら、シートに深く腰を埋める。偶然乗り合わせたらしい、似たような格好の二人の老婆が、大いに笑い合いながら互いにミカンと飴をすすめ合っていた。

バスは、小型車でも走りにくそうな細い細い坂道を器用に登って、ずんずん山奥へと進んでいった。道の左右に松が枝葉を伸ばして、自然のアーチを形作っている。

まずは温泉だな——右へ左へ身体を揺さぶられながら、胸の内で呟く。それとも、暗くなる前に宿のまわりを少し歩いてみるか。

途中、バスは高い橋を渡って川を越えた。眼下遠くに見えるのは透明度の高い奇麗な川で、案内状の地図によると、これは白早川だろう。福島県を東西に二分する阿武隈川の、支流の一本。その名のとおり、流れが急で、岩に砕ける波頭があちこちで白く際立っていた。

二

白峠停留所は、どうしてわざわざこんなところに、と思うほど急な斜面に位置していた。これではバスが停車するのも発車するのも困難だろう。『白峠』と書かれたちっぽけな標識も、ずいぶんと傾いで立っている。

「迎えに来てくれるかな……」

携帯電話を取り出して、案内状に書かれた番号をプッシュしてみた。しかし呼び出し音が鳴るばかりで、しばらく待ってみても応答がない。ちゃんと予約してきたのだから、まさか留守ということはあるまいが——仕事が立て込んでいて、手が離せないのだろうか。首をひねりつつ、携帯電話をポケットに仕舞う。

眼下に視線をめぐらすと、ガードレール越しに、緑と茶の入り混じった壮大な山並みが広がっていた。そのところどころに、集落が寄り添うようにして棟を集めているのが見える。地図によると、白峠村は、いま立っているバス通りを中心に、山の上下に向かってそれぞれ斜めに広がっているらしい。あの点在する集落もおそらく村の一部なのだろう。

レエ……

耳元で、声がした。

驚いて振り返る。

傾斜した道路と、せり出した樹木の枝。

誰もいない。

あたりを見渡してみる。

立ち並ぶ骸骨(がいこつ)のような樹影。

何もない。

「風か……」

相変わらずだと、私は思わず口元を歪(ゆが)めた。

幼い頃から、私にはこの種の勘違いが多いのだ。風の音を人の言葉と聞き違えたり、部屋のカーテンの擦れ合う音が何かの囁きに聞こえたり。家の中でも外出先でも、こういったことは頻繁にあったのだが、とりわけ今日のようにいくぶん気分が高揚しているようなときには多く起こった。

腕時計を見たら、もう三時に近い。うかうかしていると冬の短い日はすぐに暮れてしまう。バス停の向かい側に、斜面を上る砂利道があり、宿の地図に従ってそこを登っていく。いかにも脇道といった感じの、細くて薄暗い、左右をコナラやクヌギに覆われた道だった。道の両脇に寄せられて、黒い泥土がまじった雪の列がつづいている。

道の先から微かなエンジン音が聞こえてきた。

やがて視線の先に、一台のバイクが現れた。原付らしい華奢なバイクに跨っているのは、白い割烹着を着て、紺色の前掛けをつけた男だった。ヘルメットも被らずに、のんびりと坂道を下ってくる。

「どうもー」

男はいきなり甲高い声を上げて、私のすぐ目の前にバイクを停めると、満面の笑みを浮かべた。うらなり瓢箪のような生っ白い顔。私よりもわずかに歳は若そうだ。

「道尾さまですよね？」

思いがけず名前を口にされ、私はいささか驚いた。

「ちょうどよかった。いまちょっと買い出しに行こうとしていたところなんですけど、まあべつに急いで必要なものでもないし――後ろに乗ってください、このまま引き返しましょう」

彼はバイクの荷台を顎で示す。急な展開に私がぼんやりしていたら、彼は元気よく笑って、ようやく自己紹介をしてくれた。

「申し遅れましてすみません。この上であきよし荘をやっております歌川といいます」

「あ、どうも」

私は慌てて頭を下げた。どうやら彼は予約した宿の主人だったようだ。

「でも、よく僕のことがわかりましたね。いきなり名前を呼ばれたもんだからびっくりしました」

「わッかりますよー、そりゃ！」

宿の主人は私の顔を見上げて感情を込めた口調でそう言った。私は自分の著書にある「著者近影」を思い浮かべ、自分もまんざら知名度の低い作家でもないのかと、内心得意になる。私の書く悪趣味なホラー小説を、こんな田舎で手にする人もいるのだ。

「さあ、お嫌じゃなければ乗ってください。歩いて登ると、けっこう骨ですから」

「はい——じゃあ、そうさせてもらおうかな」

宿の主人がバイクを反転させるのを待って、私は恐る恐る荷台に跨った。硬い鉄の感触が、ズボン越しにひんやりと尻を冷やす。

「いいですか？　行きますよ」

「あ、うん——いやちょっと待って、バッグはどうしよう」

「背中に背負えませんか？　持ち手にこう、腕を通して」

「こんな感じ？」

「いちおうしっかり摑まっててくださいね」

「あ、はい」

冷たい風を切り、バイクは一直線に山道を登っていった。

寄せ棟造りの藍色の屋根瓦が、くすんだ冬の太陽を反射している。山の斜面を背にしたあきよし荘は、ちょっと大きめの日本家屋で、外観は普通の民家と変わりなかった。玄関の戸の上に、やけに丸い字で『あきよし荘』と書かれた扁額が掲げてあったが、それがなかったらここが宿泊施設だとは誰も思うまい。扁額は、建物の風格と比べて比較的新しいように思えた。玄関の両脇に、いまはまだ蕾のサザンカの植え込みが延びている。

「お寒かったでしょう——申し訳なかったですね、バイクなんかで」

先に立って玄関に向かいながら、歌川は肩越しに言う。

「まあ、さすがに冬の山をバイクってのはこたえるね。でもなんだか気分がよかったよ。すっとしたっていうか」

いつのまにか私の口調はくだけたものになっていた。これは私にしてはすこぶる珍しいことだった。

「そう言っていただけると安心します。なにせ徒歩だと二十分かかりますから、お客さんを歩かせるのは申し訳ないですよ。二十分っていったらけっこうな時間です。もっとも、このまえバス停を下まで持ってきたんで、それで少しは近くなりましたけど」

「バス停を持ってきた？」

「ええ。あのバス停、もとはもう少し道の上のほうにあったんですよ」

バス停がおかしな位置にあったのはそのためか。停留所の位置を移動させてしまうとは、見かけによらずこの主人はなかなかすごいことをやる。

「到着時間をご連絡いただければ車で駅までお迎えに行ったんですけどねえ。まあ、車っていっても軽トラですが」

歌川はそう言って、前庭の一角を視線で示した。薄汚れた白い軽トラが、広い駐車スペースをもてあまし気味に、斜めに停められている。

「でもよかったですよ、行き違いにならなくて。私しかいませんからねェ、ここは」

「あ、そうなの？」

だから先ほど電話したとき、誰も応答しなかったのか。

「ええ、私一人でやってるんです。まあそれほどお客さんがたくさん来てくれる宿じゃないんで、一人でやっていたところで、どうしようもなく忙しいってわけじゃあないんですよ。そもそもお客さま用の部屋は五部屋しかありませんからね。——特に冬場は暇です。夏は近くでちょっと珍しい天狗祭りなんかもやりますんで、五部屋ぜんぶ埋まってくれることもあるんですが、冬はほら、雪も降りますでしょう。なかなかお客さんもこんなところまで来てくれないんですよ。今日だってお客さまは道尾さまだけなんです」

「あ、僕一人なんだ」

「ええ——まあそのおかげで、さっきは道尾さまのことい、っ、ぱ、つ、でわかったんですけどね。あのバス停で降りるのは、顔見知り以外はウチのお客さましかいませんから」

そういうことだったのか。

「お部屋はお二階です。お昼から暖房つけておきましたんで、暖かいですよ」

二階の部屋に私を案内すると、歌川はお茶の用意をしに、また階下へと戻っていった。石油ストーブが十分に焚かれていて、なるほど客室はぽかぽかと暖かい。

部屋は純和風の造りで、畳敷きの八畳間だった。奥にある板敷きのスペースに、違い戸式の大きな腰窓があり、そこからはるか遠くまで連なる山並みが一望できる。茨城県の北端から宮城県の南端へとつづく阿武隈高地の一角。案内状にあったとおり、たしかに見事な眺めだ。

ふと首を回すと、入り口の襖(ふすま)の脇に、凧糸(たこいと)ほどの太さの紅い紐(ひも)が一本ぷらりと垂れていた。何だろうと思ってその先を見ると、どうやらそれはいまどき珍しい呼び鈴のようだ。鴨居(かもい)の上の壁に穴があけられていて、そこから紐の先が廊下へと延びている。私は襖から顔を出して、紐の先を視線で追ってみた。紅い紐はコの字形の金具で固定されながら天井の端を伝って廊下を進み、そのまま階段の天井沿いに階下へと下りている。私の部屋だけでなく、見ると各部屋から色違いの紐が同様に延び、それらは階段の上に集まるかたちで、こぞって階下へ下っていた。試しに紐を引いて鳴らしてみようかと一瞬考えたが、主人が引き返してきては申し訳ないのでやめておいた。

ふたたび部屋に引っ込む。

部屋の真ん中には猫脚の座卓が置かれており、その上に陶器の湯呑みが一つと、饅頭(まんじゅう)のような茶菓子が三つ、ラップをかけて皿に載せられていた。B5判の大学ノートもあって、表紙に『お手数ですがご記入ください』と書いてある。ひらいてみたらどうやら宿帳だったので、忘れないうちにとさっそく記入した。

小腹が空いていたので、歌川がお茶を持ってきてくれるのを待たずに私は饅頭を三ついっぺんに平らげた。

やがて急須とポットを持ってやってきた歌川は、卓上の皿が空になっているのを見つけて、顔をほころばせた。

「どうでした、そのお饅頭。いちおうウチの名物なんですよ」

「へえ——美味しかったよ。餡といっしょに入ってたあの、なんだかねちょねちょしたやつが美味いね」

私がそう言うと、歌川はさらに嬉しそうにうらなりの顔をほくほくさせた。

「あれ何だと思います？　じつはねェ、バナナなんですよ」

「え、バナナなのあれ？　そんな味はしなかったけど」

「餡このほうに上手いこと味がなじんでくれてるんですよ。バナナはあまり熟れないうちに使って、しかも入れすぎないのがコツなんです」

「ふうん——あんなのも、ぜんぶご主人がつくってるの？」

「ええそうです。お食事も、ぜんぶ」

「大したもんだねえ」

「いえいえそんなこと――じっさい、景色と温泉以外には何もないところですからねェ。食べ物くらいは満足していただかないと」

私はそのまま歌川と十分ほど他愛もない会話を交わした。歌川はたいそうな話し好きらしく、しかもなかなかの話し上手だったので、普段あまり他人と打ち解けることのない私もずいぶんと会話を楽しんだ。

ご職業は、と訊かれたので、自営業だと答えた。

「へえ、じゃあ、お店か何かを？」

「いやそういうわけじゃなくて、物を書いて売ってるっていうか――」

「あれ！」

歌川は大きく口をひらきながらグッと上体を引いた。

「もしかして作家先生で？」

先生ではないがいちおう作家だと私が答えたら、歌川はこんどはいきなり腰を浮かせて顔を突き出し、こっちが驚かされたほど驚嘆の眼を見開いた。

「はじめてです！」

「はじめてって……」

「この宿はじまって以来です！」

歌川は私の言葉を遮って早口でまくしたてる。

「作家先生がご宿泊に来られるとはねェ、いやこれは一大事だ。わ、さっきはバイクなんかでお連れしてすみませんでした。作家先生と知っていれば軽トラで、いや軽トラもないもんだ。ところで先生はどうやってウチの宿を？」

「ああ、ナントカるるぶって雑誌で見かけて、静かそうなところだと思ったから……」

「静かです、静かですとも！」

静かではない歌川は大いにうなずく。そしてあろうことか「いま色紙を買ってきますんで是非ご一筆を」などと言いだした。私はすっかり恥ずかしくなってしまい、色紙にサインをしたところで私の名前など間違いなく誰も知らないし、宿の自慢になるなんて絶対にありえないと言いきって、それを固辞した。

「ああそうだ」

これ以上自分の職業にまつわる話をつづけるのが嫌だったので、私はふと思い出したことを口にしてみた。

「さっき、駅で変な話を聞いちゃったんだよ」

「変な話？」

「このへんで、ここ何年かのあいだに誘拐事件がつづいてるっていう話。なんでも子供が――」

私が駅員から聞きかじった話を説明すると、歌川は「ああ」とうなずいた。

「あの件ですか――あれには参りましたよ。この宿にも警察の人が来て、私も行方不明になった子供の写真を見せられたり、いろいろと細かいことを訊かれたりしました」

「子供たち、いまだに見つかっていないんだって？」

「そうみたいですね。県警と、それから村の有志の人たちが、山の隅々まで捜索したんですけど、発見できていないらしいです。麓（ふもと）のほうの主だった県道や、近郷の要所要所に、子供たちの写真入りポスターを貼ったりもしているんですが――きっと、どこか遠い場所にでも連れ去られちゃったんでしょうねェ」

「やっぱり誘拐なんだろうか。事故ってことはないのかな」

私の問いかけに歌川は、「んん」と生っ白い顔を歪めてみせる。

「ここ二年ほどのあいだに、ぜんぶで四人ですからねェ。事故にしては多すぎますよ。そもそも最初の一人は事故のわけがないですし」

最初の一人、という歌川の言葉から、私はすぐに駅員のあの不審な態度を思い出した。

「そうそう、その最初の一人のことなんだけどさ——その子だけは帰ってきたんだよね？」

私がそう訊くと、歌川は奇妙な表情で、まじまじと私の顔を見直した。

「——あれ、先生、その駅員さんに聞いていないんですか？」

「聞いたから言ってるんだよ。なんでも最初の一人だけは見つかったんだって、駅員さんはそう言ってたよ。もっともそのあと、あの人急におかしな態度になって、僕は追っ払われちゃったから、細かいことまでは聞けなかったけど」

「そうですか……んん」

歌川は自分の膝元（ひざもと）に視線を落とし、短く刈り込んだ前髪をもそもそといじりだした。駅員同様、彼もまたおかしな態度をとる。

「見つかった、かァ——まあ見つかったといえばたしかに見つかったんですよねえ……」

「ねえ、どういうことなの？」

たまりかねて私は訊いた。歌川はなおも下を向いたまま、しばらくのあいだもじもじしていたが、やがて決心したように顔を上げた。

「見つかったのは——死体なんです」

私は歌川の顔を見直す。そして、ようやく納得した。だからあの駅員も歌川も、その子の話をしたがらなかったのか。たしかに、旅行者に対してはあまり軽々しく口にできるようなことではない。

それにしても、私にはもう一つ気になることがあった。

「ねえ、ご主人。ご主人はさっきたしか、最初の一人は事故のわけがないって言ってたけど——あれはどういう意味なの？」

「ああそれは、なんというか……まあ要するに、その子は怪我をしていたんですよ。で、その怪我ってのが、事故やなんかじゃ生じようのない怪我だったわけで」

「あ、そうなんだ、じゃあつまり——」

私は思わず声をひそめた。

「何かその、明らかに人為的危害を受けて殺されていたんだね？」

「まあ——そういうことです」

歌川の言う事故やなんかじゃ生じようのない怪我について、私はなおも訊ねようとしたが、相手がいかにも喋りたくなさそうな顔をしていたので諦めた。

「まあとにかく、このへんに住んでる人間にとっては面倒なことですよ。——あの事件に巻き込まれた子供たちや、親御さん方には申し訳ありませんがね、ほら、ああいう話って地域の評判にも関わってきますでしょう。しかも事件が起きたってだけならともかく、どっかの週刊誌が『神隠し』なんて言葉を使った記事を載せたらしくて、いっときは毎日のように新聞記者とか雑誌記者が取材に来て、大騒ぎされましてねえ。ワイドショーのレポーターはうろうろしてるし——そんなことされたらこっちは商売にならないですよ」

「そういえば駅員さんも言ってたよ、神隠しって」

「まったく困ったもんです。すぐにそういった煽動的な言葉を持ってくるんだから。いまどき神隠しなんて、映画じゃあるまいし——まあたしかにこのあたりにはそんな伝説があるらしいですけどね」

「そうらしいね——それと、そうだ、天狗の伝説もあるんだって？」

「らしいです、天狗祭りなんてのがあるくらいですから。ほんとにいろんな伝説があって、なかなか忙しいところですよ、ここは」

そう言って歌川は笑った。

窓のほうで、ばさばさと大きな音がした。驚いてそちらを見ると、窓のすぐ外を山鳥の姿が横切るところだった。

「そういえばご主人はこのへんの訛りがないみたいだけど、地元の人じゃないの？」

「ええ、東京でサラリーマンをやってました」

聞くと、彼は脱サラをして、居抜きでこの宿を買い取って商売をはじめたのだという。

「将来養うべき両親もいないもんで、身軽だったんです」

「ああ、ご両親はすでに他界されて――？」

「ええ、もうずいぶん昔に」

「そうなんだ――」

長年顔も見せていない実家の両親のことを、私はぼんやりと思い出した。

「いつからこの宿をやってるの？」

「平成十年の七月からですんで、ええとォ――まだ開業四年半ですね」

玄関の扁額が新しかったのはそのためか。

しばらくして、私は膝を立てた。

「暗くなる前に、ちょっと近くを歩いてこようかな」

歌川も畳から腰を浮かせる。

「行く場所は、もう決めてらっしゃいますか？」

「いや――べつに決めてないよ。ただせっかく来たんだから、まわりの景色も楽しみたいと思って。どこか近くにいいとこあるかな」

「ううん……大して先生に自慢できるようなスポットはないんですよねえ。山を下ってさっきのバス通りに出ると、ところどころに枝道が上ったり下ったりしているんですが、どれを選んでみても民家に行き当たるだけだし――。あそうそう、どうでしょう、ここの裏にある細道を登ってみては？」

歌川の説明によると、宿の裏手に斜面を上る細道があり、そこを進んでいくと白早川の上流に出るらしい。上から見下ろせる滝があって、それが見ものといえば見ものなのだとか。

「そこからさらに山の上のほうへ登っていくと、天狗を祀っているお宮さんなんかもあるらしいんですがね。私も行ったことはありません。なにせ小さなお宮だそうで、いまでは詣でる人もいないらしく、参道につづく道も草に埋もれて見えなくなってるんだとか」

「まあ――とりあえず今日は河原のほうだけにしておくよ」

「雪解けの水で道が滑りやすくなってますんで、それだけ気をつけてくださいね」

歌川は私を玄関まで送りに出てくれた。

「裏口から直接建物の後ろに出られるんですけど、あっちはあんまりお客さんにはお見せしたくないんですよ。滅多に掃除なんてしないもんで、汚くて」

「ああいいよ。どうせ靴もこっちにあるんだし」

私は頭を一つ下げて玄関を出た。そのまま宿の壁づたいに足を踏み出そうとしたら、

「そうそう、先生」

歌川が私を呼び止めて、おかしなことを訊いてきた。

「お住まいは東京だっておっしゃってましたが——ご出身はどちらです？」

「え、出身？　三重だよ」

私がそう答えると、歌川は一瞬ぱっと嬉しそうな顔をして、そのあと口の中で何かぶつぶつと呟いた。なかなかいい、とかなんとか言っていたようだ。

「出身がどうかしたの？」

「いえ、なんでもありません、なんとなく訊いてみただけです。——ではお気をつけて」

歌川はにこりと愛想よく笑って、玄関を入っていった。

三

宿の裏手に延びる細道を、イラクサの棘(とげ)を気にしながら歩いた。離れた位置から眺めて予想したよりも、山の傾斜はずっときつかった。

——もうちょっと暖かくなったら、裏でイラクサの若芽がたくさん採れるんですがねェ。あれ美味いんですよ、揚げると——

会話の途中、歌川はそんなことを言っていたが、なるほどたくさん生えている。このぶんだといくら採っても採りきれまい。ただし歌川の説明によると、食用となる若芽が出てくるのはまだふた月ほども先らしい。

脇道が一本、途中で合流している。なんとなくそちらを振り向いてみたが、立ち並ぶ木々が邪魔をして、その道の先がどこへ下っているのかはわからなかった。きっと白峠村の集落の一つにつながっているのだろう。あるいは先ほどのバス通りに出るのかもしれない。

脇道の奥に眼をやりながら歩いていた私は、いきなり聞こえた足音にぎくりとした。

視界の端に、二本の脚が入り込む。白いスリムパンツに、よく磨かれた光沢のあるパンプス。そのところどころに雪の欠片がくっついていて——。

「あ、すみません」

顔を上げ、私はまず恐縮した。いつのまにか坂の上から人が近づいていて、ぼんやりと横を向いて歩いていた私は相手の行く手を塞ぐ格好になっていたのだ。

「失礼しました……」

道をあけると、相手は軽く会釈をして、無言で私の横を過ぎ、暗い脇道へと入っていく。

ちらりとその横顔を見れば、驚くほどの美人だ。眼鼻立ちのはっきりとした、痩せた細面の輪郭。ウエーブのかかった長い髪が、彼女の頼りなげな歩調に合わせてふわりふわりと揺れていた。歳の頃は私と同じくらい——三十を過ぎるか過ぎないかといったところか。鄙には稀な、などという言葉が頭に浮かぶ。私は思わず道の端に立ち止まったまま、彼女の後ろ姿を見送った。

しかし、なんでまたあんな格好で山道を歩いているのだろう。彼女は白いスリムパンツに同色のジャケット、淡い藤色のマフラーという、およそ山歩きには不似合いな服装をしていた。その後ろ姿は、葉を落とした木々に覆われた暗い風景の中で、異様なほどに目立っている。

何か、持っているようだ。

右手と左手に、彼女は見慣れない物を持っていた。右手に持っているのは、鉛筆ほどの長さの細い棒。左手に持っているのは——何だろう——四角い箱のような物。その色合いからして、どちらも木でできているようだ。

彼女は脇道の先へと消えていった。

私は身体の向きを戻し、ふたたび斜面と向き合う。

九十九折(つづらおり)になっている上り坂が終わると、細道はすぐに同じくらいの角度で山向こうへ下っていた。そちらの斜面は北側を向いていて、道の面にまだかなりの雪が残っている。

白峠の「白」は、雪の色なのかもしれない。

そんなことを思いながら、真冬の斜面を見下ろす。このへんで引き返そうかとも思ったが、どうせ晩飯の時間まで何もすることがない。足元に気をつけながら、私はそろそろと歩を進めてみた。

下り坂の途中で、水音に気がついた。左手から聞こえる。試しに、深い茂みを掻き分け掻き分け進んでみたら、やがて急にぽっかりと視界がひらけて、額の上に蒼穹が広がり、眼前に川と滝が現れた。

「――へえ」

これが歌川の言っていた、白早川の上流だろう。

ばかに四角い石ばかりでできた河原を放縦な流れが二分して、その川上に清冽な滝が音を立てている。対岸の河原は、こちら側同様に斜面となっているが、その斜面を埋め尽くすように、驚くほどたくさんのススキが生え揃っていた。ススキはすっかり枯れているが、それでもあるなしの風に揺れる薄茶色の穂並みは、箱根の仙石原を思わせる見事な眺めだった。

ススキの群落の端に、変わった形の岩が二つ並んでいるのが私の眼を引いた。一辺が一メートルほどもある、ほぼ正六面体に近い巨岩。そのすぐ隣に、こちらは打って変わって平たい板状の、机の天板のような岩。二つ並んで、まるで原始時代の調度類のようだ。これが人工物ではないのだから、自然とは不思議なものである。

まさに絶景。透明な山の空気を肺深く吸い込むと、なんだか体内がすっかり奇麗になったような気がした。

額に手びさしをして、ぐるりとあたりを見渡す。川下に橋がかかっているのが見えた。橋の上を通っている道路の幅からして、あれはあのバス通りだろう。あきよし荘の下を通る道の先が、あの橋につながっているのだ。

「――ん」

山水画のような景色の中に、老人が一人ぽつねんと座り込んでいるのに気がついた。白い流れの、すぐそば。石の上に胡座(あぐら)をかいて、じっとうなだれている。山仕事をする人の格好をしていた。年齢はおそらく七十かそこらだろう。

魚、かな――。

はじめは魚でも見ているのかと思った。しかし、そうでもないらしい。どうも上手く言えないが――老人は川面に顔を向けてこそいるが、何かを見ているといった様子ではなかった。

何気なく近づいていくと、老人は私の足音に気づいたらしく、のろのろとした動作で首を回してこちらを振り返った。惰眠から醒(さ)めたばかりの猫のような、どろりとした眸(め)をしていた。額にだらりと垂れ下がった髪が、作り物のように白い。

「何かあるんですか？」

私は訊いてみた。しかし老人は首を左右に少し動かしただけで、すぐにまた川のほうを向いてしまった。

「いい場所ですね」

私は老人の背中に声をかけたが、彼はもういちど同じ仕草を繰り返すだけだった。

せっかくの物珍しい気分に水を差され、ちょっとがっかりした。踵(きびす)を返すと、私は老人のそばをそっと離れた。

ごつごつした四角い石を踏みながら、川の流れに沿って歩いてみる。石と石とのあいだに、古いデザインのジュースの空き缶やら、川釣り用のルアーやらが落ちていた。うつむきかげんにそんなものを眺めながら歩いていると、ふと視界に意外なものが入り込んできた。

花と、漫画本。

花は、菊の花だ。十本ほどの切り花。花弁はすっかり茶色く変色して、茎も針金のように細く干涸(ひから)びている。漫画本のほうもしばらく放置されているらしく、表紙のキャラクターは色褪(いろあ)せ、ページはごわごわと波打って縮こまっていた。

視線を上げる。川の縁に、たくさんの菊の花が、それぞれやはり十本ずつくらいの束になって、いくつも並べられている。花束は比較的新しいものもあれば、ほとんど原形をとどめないほどに腐敗してしまっているものもある。そしてそれぞれの花束の隣には、スナック菓子の袋やジュースの缶やプラスチック製のバットなどがいちいち添えられていた。それが私の足元から、川に沿ってぽつりぽつりと、滝壺のすぐそばまでつづいているのだ。

私は言葉を失った。

誰かが、ここで死んだのだ。そしておそらくそれは男の子だろう。歌川の言っていた、何者かによって命を奪われたという少年と関係があるのだろうか。後ろから冷たい風が吹きつける。私はコートの襟(えり)に首を埋める。

レエ……

風の中で、声がした。

ぎくりと身体を硬直させる。振り返って背後を見た。

何もない。先ほどの老人が相変わらず川面を見下ろしているだけだ。

レエ……オグロアラダ……ロゴ……

こんどはそう聞こえた。

とぎれとぎれに。呟くように。

吐息だか言葉だかわからないような印象。

「あの声……」

白峠でバスを降りたときに、耳元で囁かれた、あの声。

いや――。

聞き違いだ。風の音だ。

私はなかば無理矢理自分を納得させた。

それきり風はやみ、声ももう聞こえてはこなかった。

四

近頃山歩きなどしたことがなかったので、宿に帰るころには両の太腿（ふともも）がすっかり重たくなっていた。部屋に入って後ろ手に襖を閉めると、私は畳の上に大の字になった。天井に向かって大きく息を吐く。

手近にあった座布団を引き寄せ、それを枕がわりに首の下に押し込むと、じっと眼をつぶった。

「レエ……オグロアラダ……ロゴ……」

呟いてみる。やはり気になるのだ。

まるで経文のような、祝詞（のりと）のような――。

しかし何度呟いてみても、その言葉ともつかない音の羅列は、私の頭の中でいっこう意味を結ぶことはなかった。

卓上に手を伸ばし、煙草を一本抜き取って火をつける。部屋の奥にある窓を見れば、もう外はすっかり暗くなっていた。

左手の人差し指の先がずきずきするので、見てみると、皮膚の表面にぽつぽつと赤い斑点（はんてん）が浮かんでいた。きっと茂みを掻き分けて河原に下りたあのとき、イラクサの棘にやられたのだろう。

「よろしいですかァ」

襖の外で、歌川の愛想のいい声がする。私が適当な返事で応じると、歌川はがらりと襖をあけて、うらなりの顔を覗かせた。

「失礼しますねェ、ポットを取り替えに――ありゃ！」

歌川は部屋に入ってくるなり、素（す）っ頓狂（とんきょう）な声を上げた。

「先生、寝煙草は勘弁してくださいよォ」

「ああごめん」

私はいちおう慌てたような素振りを見せて起き上がり、吸い差しの煙草を灰皿に押しつけた。私が視線で、たしかに火を始末したことをアピールすると、歌川はかえって恐縮したように首をすくませて、歌舞伎(かぶき)の女形のようなおかしな声で笑いながら、足音をさせない歩き方で部屋に入ってきた。

「うふふ。いやいや、まあこの時期にご宿泊になるお客さんはねェ、どうしたって煙草の本数が増えるんですよ、することがないもんですからね。ほんとうは、夏がいいんです、ここ。さっきもちょっと言いましたけど、天狗祭りっていうけっこう賑(にぎ)やかな祭りがありましてね。この白峠村と近隣の町が共同で開催する祭りなんですけど、麓のほうからこう、天狗の張りぼてをくっつけた山車(だし)がいくつも登ってくるんです。それもわりかし今風のデザインのやつが多くて――」

卓上の茶器とポットを取り替えながら、歌川はひと息にそこまで喋ると、「あそうそう」と愛嬌(あいきょう)のある笑顔を私に向けた。

「裏の山には行かれたんですよね？」

「うん、けっこう歩いた。思わぬところで美人に出くわしたよ」

「美人に？」

「そう。なんだか知らないけど、女の人が歩いていたんだ。一人で」

「ふうん――誰でしょうねえ？」

歌川はそう言って首をひねり、細い眉を片方、くい、と上げてみせる。

「まあいいさ、そんなことは。それより、例の川の上流、行ってきたよ。ご主人の言ってた、滝があるところ」

「あ、どうでした。ちょっとよかったでしょう景色？」

「最高だった。滝も奇麗だったけど、僕はススキの斜面のほうが気に入ったな。箱根のほら、仙石原みたいだったよ。でも辿り着くまでがちょっと大変だね。茂みを抜けるとき、イラクサの棘にやられた」

私は痛みの残る左手の指先を歌川に見せた。歌川は唇をすぼめ、おっとととと、と舌を器用に動かした。

「こりゃ痛そうだ。イラクサの棘には毒がありますからねェ、いちど刺されるとなかなか痛みが取れないんですよ」

「なに、大したことないさ。あとでゆっくり温泉に浸かれば治るよ」

「このあたりの温泉はいちおう傷病治癒をうたい文句にしてますから、効能の見せどころかもしれませんね。——しかし、どうしてまた茂みを抜けたりしたんです？　細道を登りきって、道なりに真っ直ぐ行けば、河原に出たでしょう」

そこで私は、細道を歩いていたら水音が聞こえてきたので、そちらに向かって茂みの中を下りていったのだと話した。

「じゃあ滝の下に？」

「そうそう、滝の下だった。そうか、ご主人の言っていた場所よりも少し手前だね。――やっぱりあのまま下り坂を先へ進んでいれば、河原に出られたんだ」

「下り坂のあと、またすぐに上り坂があって、それがそのまま河原までこうやってぐっとカーブしてるんですよ」

歌川は片手を山道になぞらえて、その起伏とカーブの具合を示してみせる。

「あそこの滝は、上から見下ろしたほうがぜったい奇麗ですよ」

「そりゃ失敗したなあ」

私は新しい煙草に火をつける。

「ああそうだ。ところで、滝の下の河原に変な人がいてねえ……」

川面をじっと見下ろしていた、あの老人のことを話してみた。

老人の様子がいかに気味悪かったかを私が説明しているあいだ、歌川は卓に載せるつもりの茶碗を逆さまの向きで宙にとめたまま、私の顔をじっと見つめて話を聞いていた。そして私の話が終わったとき歌川は――意外なことに、小さく溜息をついたかと思えば、「やっぱりねェ」などと呟いたのだった。

「あの人、いつもいるんですよ、あそこに」

「なんだ、ご主人の知ってる人なの？　いったい誰なんだい」

私の質問に、歌川は口ごもった。

「河原に菊の花がたくさん並べてあったけど、あれは、あのご老人がやってるのかな？」

歌川は、こんども曖昧（あいまい）な態度で、ただ細い眉を寄せてみせるだけで、否定も肯定もしない。

私は思いきって訊いてみた。

「もしかして、殺された男の子――ほら例の消えた四人のうちの、最初の子――その子は、あの河原で亡くなってたんじゃないの？　で、あのご老人は少年の身内の方とか」

歌川はしばらく難しい顔をしていたが、やがて参ったというふうに頭を振った。

「ウチの宿のすぐ近くなんで、ほんとはあまりお客さんにはお話ししたくないんですがねえ……」

まァ隠したって仕方がないですよね、と短髪の頭をするりと撫（な）で上げる。

「そうです、そのとおりなんですよ。糠沢（ぬかざわ）さんは――あの人、糠沢さんっていう名前なんですけどね――亡くなった男の子のお祖父さんなんです。お祖父さんっていっても、両親は男の子が生まれて間もない頃に事故か何かで亡くなっていたらしいんで、まあ父親みたいなものですよね。あの人の奥さんも亡くなっていたので、糠沢さん、男の子と二人きりで暮らしていたみたいです。子育ても一人でやったんだとか」

「そうなんだ――じゃあ、なおさら可哀想なことだねえ」

唯一の家族、それもまだ幼く将来への希望に満ちた家族を奪われた老人の気持ちを思い、私は胸を突かれた。

「するとやっぱりあの花や漫画本なんかは、あのご老人が？」

「ええ――村の人の話だと、ほとんど毎日のようにあそこへ通っているみたいです」

「男の子は、やっぱりあの河原で亡くなってたの？」

「そうなんですよ――まあ、遺体が発見された場所があそこだったっていう意味ですけどね。実際に命を落としたのは、もっと上流のほうでしょう。当時の警察の発表でも、たしかそう言ってました」

「つまり、あの河原に流れ着いたわけだ、男の子の遺体が」

「遺体が流れ着いたというか、なんというか――まあ、そういうことです」

なんだかはっきりしない言い方だ。

「そんなことより、ねえ先生――ほら」

歌川はいきなり語調を変えて、両手を左右に広げながら、なにやら得意げに私の顔を覗き込んだ。

「何か気づきませんか？　この部屋」

私は周囲を見渡してみた。大きな窓、床の間の掛け軸、違い棚、入り口の襖、そして目の前の座卓。背後にも視線をめぐらせたが、そこにはただ壁があるだけだ。

「べつに何も——あ」

ふたたび正面に視線を向けたとき、私はようやく歌川の言いたいことに気がついた。

「絵があるね」

座卓に座った私の正面、違い棚の上の壁。部屋を出たときには何もなかったその場所に、いつのまにか立派な額に入った一枚の絵が掛けられていたのだ。

浮世絵。私も見たことのある一枚。あれはたしか——。

「五十三次だ」

歌川は嬉しそうにうなずく。

「よくご存じで——そうです、広重（ひろしげ）の『東海道五十三次』のうちの一枚です。で、先生、ほかに何か気づきません？」

「ほかに……」

私がなおも周囲を見回そうと首を動かしたら、歌川は両手を振って、

「違いますよ先生、あの絵のことですよ」

私は眼を細め、額に入った広重の浮世絵をじっと眺めた。

雨の一景。画面を斜めに横切る坂道を、旅人らしい数人の男たちが、突然降りだした驟雨にせかされて足早に行き交っている。ぼんやりとした斜線で見事に表現された雨は、江戸の昔に名を馳せた広重のまさに名人芸とも言うべきだろう。サァッという雨音が、ここまで聞こえてくるような気さえする。

「あ、そうか」

私はようやく歌川の気さくな意図に気がついた。

「――これ庄野だ」

その絵は東海道五十三の宿場のうち、庄野の風景を描いたものだった。庄野といえば三重県鈴鹿市にある町である。そして三重県は、私の故郷だ。

「だからさっき僕に、出身地を訊いたんだね」

「ええ」

歌川は少しはにかんだ顔を見せた。

「この宿をオープンしたときからつづけてる、まあひとつのサービスなんです。亡くなった祖父が骨董品に眼のない人で、広重の五十三次をひと揃い持っていたもんで、形見分けのときにそれを貰いうけたんです。ちょうどこの宿をひらく計画を立てていた時期で、客寄せに使えるんじゃないかと思ったんですよ。ほんとは廊下や各部屋にずらりと額縁を飾っておいて、お客さんの眼を楽しませようくらいに考えていたんですが、開業間際になってちょっと気が変わりましてねェ」

客の出身地を訊いておき、その出身地にあたる一枚を、客が外出した隙にそっと壁に掛けておくという趣向を、歌川は思いついたのだそうだ。

「これがけっこう喜んでいただいてるんですよ」

「僕も久しぶりに故郷を思い出させてもらったよ」

私は大いにうなずいた。

「でもさ——もしお客さんの出身地が東海道から外れた場所だったらどうするの？　山陰のほうとか、それこそ北海道とか九州だったら」

私がいささかひねくれた質問をすると、

「そうそう、そこが問題なんですよ。というか、そんな場合がむしろ多くて」

歌川は屈託なく笑った。

「まあ、そういうときはこちらで適当に選ばせてもらってます。例えば雨の日ならこの庄野の絵とか、土山の雨景とか。雪の日なら蒲原とか亀山とか」

学生時代の一時期、浮世絵に凝ったことがあったので、歌川が名を挙げた宿場の絵はすぐに思い浮かべることができた。

「ご主人の出身は東京みたいだけど、自分の部屋には飾っていないの？」

「あ、飾ってありますよ、日本橋の絵を」

「じゃあ、もし東京出身のお客さんが来たら、それを外して持っていくんだ」

「いえいえそんなときは――東京のもう一枚、品川の絵を持っていきます。五十三次の出発点である日本橋の絵だけは、いつでも自室に掲げておきたいんです。勝手なようですが、あの絵を見るたびに私、いまが出発点なんだって気分になれるもんで」

歌川の話を聞いているうち、私は彼に対して大いに好感を抱くようになっていた。不安の多い旅先での出会いであることも手伝って、なんだか彼が昔からの気のおけない友人であるかのような気になった。

「そういえばご主人の名字は歌川だよね、広重も歌川の門だったんじゃなかったっけ。もしかして何か関係があったりする？」

私がそう言うと、歌川は大仰（おおぎょう）に首を振った。

「まァさかまさか――偶然ですよ。もっとも、例の骨董品好きの祖父なんかは、自分の家系が歌川の門とつながりがあるんじゃないかと期待して、いろいろと調べてみたらしいですけどね。けっきょく、ぜんぜん関係ありませんでした。でもまあせっかく名字が歌川なんだからって、祖父は私が生まれたとき、私にかなりそれっぽい名前をつけてくれましたけどね」

「どんな名前なの、ご主人は？」

「春芳です」

「歌川春芳――」

たしかにそれっぽい。

歌川は「なんだかほんとに浮世絵師みたいな名前でしょう」と苦笑した。

「歌川の門は、豊春にはじまって、豊国、国芳、国安、豊重、国貞、それから豊広、広重――いろいろと有名な人がいますが、そこに春芳っていう人物がいたとしても、違和感ありませんよねェ。歌川春芳。まったく嬉しいような嬉しくないような……」

なんだかんだ言いながらけっこう詳しいことまで知っているのが可笑しい。

「さてと――それじゃあ、お夕食はあと一時間ほどでお持ちしますんで、ごゆっくり温泉にでも浸かっていらしてください」

歌川は宿の主人の顔に戻ると、腰を上げた。

「お風呂場は階段を下りて、廊下を右に進んでいただいて、玄関の手前を左に曲がった先にあります。案内状にも書いてあったと思いますが、小さいですけどいちおう檜風呂なんですよ。何か御用がおありになるときは、お風呂場にもこのお部屋にもそれぞれ呼び鈴がありますんで、それをこう、クイクイッと引いていただければすぐに参ります」

「温泉は夕食のあとにしようかな――ああ待って」

廊下へ下がろうとする歌川を私は呼び止めた。

「何か？」

「大したことじゃないんだけど、ちょっと訊いていいかな」

「はいはい、どうぞどうぞ」

わざわざ私のそばまで戻ってきた歌川に、私は「ほんとに大したことじゃないんだけど」ともういちど念を押してから、

「こんな言葉、もしかしたら知ってるかなと思って」

河原で耳にした、あの言葉を口にしてみた。

「レエ……オグロアラダ……ロゴ……？」

歌川は、私の口にしたとおりの発音をしながら、細い眉を不思議そうに歪める。

「レエ……オグロアラダ……ロゴ……」

私はうなずいて、もういちど繰り返した。

しばしの沈黙のあと――。

「何です、それ？」

歌川は首をひねってそう言った。

「あ、いやなんでもないんだ。ちょっと本で読んでね、どっかの国の言葉らしいんだけど」

私は適当に誤魔化しながら、こんなことを歌川に訊ねていったい自分は何を期待していたのだろうと、内心苦笑した。この言葉に何か深い謎のようなものが秘められていて、それを歌川が解き明かしてくれるとでも思ったのだろうか。

「外国語のほうはまったくだめなんですよ――ごめんなさいね、お役に立てなくて」

ぺこりと頭を下げ、歌川は後ろ向きに部屋を出ていった。

五

翌朝、歌川の気の利いた朝飯を平らげると、私はもういちどあの場所まで歩いた。茂みを掻き分けて河原に下りるときには、イラクサの棘にことさら気をつけた。前日にやられた左手の指先には、あれからゆっくりと浸かった温泉の効用も虚しく、いまだにずきずきと疼くような痛みが残っている。

今日もいるだろうか――。

あの老人のことを考えていた。

やがて視界がひらけ、眼前に河原と蒼穹が広がった。ぐるりと見渡したが、

「いないか……」

老人は、いなかった。

ポケットに両手を突っ込み、ところどころで白く砕ける透明な流れに沿って、滝のほうへと歩く。視線を足元に向けると、そこには色褪せた菊の供花。ページの波打った漫画本。プラスチックのバットと、小さなグローブ。

小石を重しにして、手紙らしき数枚の便箋があった。しゃがみ込んで顔を近づけてみたが、便箋はかなり以前に置かれたもののようで、そこに並んだ縦書きの青い文字は雨風にさらされて滲み、判読することもできなかった。それでもなんとか筆跡だけは見て取れ、力強い、我流に崩されたその跡は、孫を追慕する祖父の手によるものだということが容易に想像できた。

強い風が吹く。対岸のススキが一斉に鳴る。谷を囲む木々が葉をひるがえす。私はコートの襟に首を埋め、風が過ぎるのを待つ。しかし川から吹きつける風はなおも強さを増す。その勢いはものすごく、私の硬直した身体を凍りつかせんばかりに激しく駆け抜け、轟々と耳の奥を鳴らして――。

レエ……

声が聞こえた。

あの声が、また聞こえた。

レエ……

薄暗い山の中からか。滝の内からか。川の面からか――。

経文や祝詞なんかじゃない、もっと、直情的な――。

レエ……オグロアラダ……

レエ……オグロアラダ……ロゴ……

はっきりと、訴えかけるような響きが、ものの気配もないのに――。

レエ……オグロアラダ……ロゴ……

私はがばりと両手で耳を塞いだ。口で呼吸を繰り返し、両眼を見開いて宙を睨(にら)んだ。足がすくみ、鼻翼がぶるぶると痙攣(けいれん)した。

いけない。この場所にいてはいけない。

何かある。

何かが、い、いる。

レエ……レエ……レエ……オグロ……オグロ……

怖い――。

この場所は怖い。

気がつくと私は夢中で駆けだしていた。河原の石を蹴散らし、何度もよろめきながら、一直線に茂みへと分け入っていた。下草に足を取られ、つんのめって勢いよく両手を地面に突きながらも必死で斜面を前進し、這うようにして細道まで行き着くと、宿に向かって一気に走った。

「どどどどうしたんですか、いったい?」

全身に泥をまとわりつかせた私の姿を見て、歌川は驚愕の表情を浮かべた。

「いや、なんでもないんだ、なんでもない」

歌川の横を過ぎ、そのままどたどたと階段を上る。部屋に入り、散らかしたままの手回りの品をやたらめったら掻き集めて無造作にバッグに詰め込む。

「あの――先生、何かおありで?」

心配した歌川が、あけっ放しの襖から青い顔を覗かせた。私はその顔から視線をそらしながら、思いつく言葉を適当に並べる。

「東京に帰らなきゃ。急用ができたんだ。お金は二泊分ちゃんと払うよ。ほんとうは明日までの予定だったんだから」

「いえいえ、御代のほうはべつにけっこうですが――そうですか、急用がおできに――でも先生、大丈夫なんですか？　なんだか様子が」

「平気だ。なんでもないんだ。すまないけどもう失礼するよ。精算をしたいから金額を……」

歌川はなおもしばらくのあいだ、訝(いぶか)しげに私の顔を見守っていたが、やがてこくりとうなずいた。

「それじゃあ、下で精算させていただきます。車で駅までお送りしますよ」

私たちは階下に下りた。一泊分でいいと言い張る歌川に、私は二泊分の支払いを押しつけるようにして手渡した。

「お気になさることはありませんのに」

受け取った金を割烹着のポケットに大事そうに仕舞うと、歌川はS線の時刻表を見てくると言って廊下の奥へ下がった。私が玄関で靴を履いていたら、彼はどたどたと大きな足音をさせながら戻ってきて、

「先生、ちょうどよかったですよ。いまからなら九時発のやつに乗れるかもしれません」

車のキーをぶら下げた片手を差し上げてそう言った。

「さあ、トラックはこっちです」

前庭に出て、歌川が軽トラの運転席に乗り込みキーを回す。私は旅行バッグを胸に抱えて助手席に乗り込んだ。

「行きますよォ」

タイヤを鳴らして軽トラをターンさせると、歌川は勢いよくアクセルを踏み込む。私は両足を踏ん張って自分の身体を支えた。凹凸のある坂道を軽トラは一気に駆け下り、舗装されたバス通りに出た。

揺れの落ち着いた助手席で、流れ去る松の枝葉を見ながら、私はあらためて歌川に謝罪をした。歌川は慣れた手さばきでハンドルを回しながら横顔で笑う。

「気にしないでくださいよ、先生。急用じゃあ仕方がありません――そのかわり、こんど是非また来てくださいね。夏がいいかもしれません、祭りもありますし」

私はその言葉にうなずき返しながらも、胸の奥に罪悪感が生じるのを禁じえなかった。自分はここに、もういちど来る気にはならないだろう。

駅に到着すると、私たちは揃って各々の腕時計を覗き込んだ。

「ほら、間に合った。あと五分近くあります」

「そうみたいだね――よかった」

私は歌川に、気持ちを込めて最後の礼を言い、軽トラを降りた。

「ばたばたしちゃって、申し訳ない」

「いえいえ——先生、お気をつけて」

バッグを肩に掛け直すと、私は切符売り場へと向かった。

「あ、先生」

歌川が呼び止める。私は立ち止まり、振り返った。

「昨日の話なんですが」

「昨日の話？」

「ええ。ほら例の、川で見つかった男の子の話」

「あ——うん？」

「どうせあとでちょっと調べればわかることですし、変に私が隠したなんて思われてもなんですから、やっぱりお話ししておこうと思いまして」

「と、いうと……？」

歌川は一瞬言いよどんだが、すぐに決心したように、

「一人めの男の子——あの子、キチガイに殺されたんですよ」

「キチガイ……」

「ええ、キチガイです。首をね」

彼は声を低め、私のほうへ顔を近づけた。

「首を——切られていたんです」

「首を……」

「そう、ぶっつりと。で、その首だけがあの河原に流れ着いて、釣り人に発見されたんです。身体のほかの部分は、けっきょくどこを捜しても見つからなかったんですよ。犯人も捕まらないもんですから、いまだに身体のほうの行方はわからないそうです」

そのとき駅のスピーカーから、電車の到着を知らせるひび割れたアナウンスが聞こえてきた。

「すみません、最後に変なお話をして」

歌川はくしゃりと顔を歪めた。

「来ますね、電車。じゃあ先生、ほんとうにお気をつけて」

「ああ——うん、ありがとう」

私は彼に背を向け、切符売り場へと急いだ。改札を抜けてホームへの階段を上っていると、背後で歌川がプップッと合図のクラクションを鳴らすのが聞こえた。振り返ったとき、歌川は私に何か言ったようだが、よく聞き取れなかった。やがてがさつなエンジン音を立て、軽トラは走り去った。

殺された少年。

流れ着いた頭部。

見つからない身体――。

そして、私の頭の中では、あの呪文(じゅもん)のような言葉が、ぐるぐると、繰り返し繰り返し再現されているのだった。

レエ……オグロアラダ……ロゴ……

呟くように。

レエ……オグロアラダ……ロゴ……

訴えるように。

…………。

…………。

…………。

瞬間、私の背筋は凍りついた。

髪の毛の一本一本が、ざわざわと立ち上がってくるような気がした。

そう、少年は――。

レエ……オグロアラダ……ロゴ……

冷たい水の中で、凍(こご)えていたのだろう。

レエ……オグロアラダ……ロゴ……

唇が、どうしても上手く動かないのだろう。

ネエ……ボクノカラダ……ドコ……

ドアの閉まる寸前に、私は電車に乗り込んだ。色褪せたシートに並んで座った見知らぬ田舎の人々が、じろりと無遠慮にこちらを見た。知った顔がないのを、これほど不安に感じたことはない。

私は窓外に眼を転じた。

白い流れは、あの川だろう。

電車ががくんと動きだし、私はよろめいた。

遠い川の流れに、ぽつんと黒いものが浮かんでいるような気がした。

きっと、それは小ぶりの西瓜(すいか)ほどの大きさで――。

＊＊＊

スーパー『あいぞめ』のレジで、呂坂幹男(ろさかみきお)はレジ係が小銭を数え終わるのをじっと待っていた。痩せた中年女のレジ係が目下懸命に数えているのは、呂坂の支払った六百十五円だ。二百ミリリットル入りの紙パック焼酎が百九十八円、ホタルイカの酢味噌和(すみそあ)えが三百八十八円、それに消費税。たったそれだけの代金を数えるのに彼女がさっきから手間取っているのは、呂坂の支払った代金の中に、一円玉と五円玉と十円玉がやたらに多いからだった。

「はい、ちょうどありますね」

ようやく金額を確認したレジ係の声は、露骨に冷たい響きを含んでいた。呂坂はレジ袋を奪うように取り上げると、そそくさとその場を立ち去って、一直線に出口へと向かった。

ちくしょうちくしょうちくしょう——。

じっと自分の足元を見据えながら、胸の内で悪態を繰り返す。

千円札も五百円玉も、あれば出している。でもないんだから仕方がないじゃないか。財布の中にも家の箪笥(たんす)にも、どこにもないんだから——。

屋外には相変わらず冷たい風が吹いていた。呂坂はぼろぼろに着古したセーターの胸を抱え込むようにして、家に向かって県道を歩く。小石でサッカーをしながら笑い合っていた、学校帰りらしい三人の小学生が、彼の姿を見て、ふとその笑いを引っ込めた。

「まあいいさ」

痩せ細った横顔を強い風に殴られながら、呂坂は呟く。

「こんなのも今日で終わりだ――」

そう、事実、今日で終わりなのだ。軽蔑を含む他人の視線を気にするのも、店で買い求めた商品の対価を小銭ばかりで支払うのも、穴のあいたセーターを着て出かけるのも、寒風に肩をすぼめて歩くのも――。

「今日で終わりなんだ」

何故なら、彼の人生は今日で終わるのだから。これから白蟻に床下を食い荒らされた借家へと戻り、いま手にしているビニール袋の中身で最後の晩餐を演出し、あとは風呂場に剃刀を持ち込んで、手首の血管を思いきり切断しさえすれば、それですべてが終わる。

簡単なことだ――。

どうしてもっと早くに決心しなかったのだろう。生きることになど、もうずいぶん昔から何の意味も見出せずにいたというのに。それでもいつのまにか呂坂は、四十年も生きてしまった。

ふと視線を上げると、電柱に貼られた写真入りのポスターが、風を受けて震えていた。

呂坂は足を止め、伸びきった脂っ気のない蓬髪のあいだから、そのポスターにじっと視線を凝らした。すっかり見慣れてしまったポスターだが、そこに並んだ三人の小学生の表情が、今日はいくぶん違って見える。

「案外きみたちはよかったのかもしれないよ――」

ポスターに印刷された、行方不明の少年たちに話しかけた。

「きっといいことなんて何にもなかったさ、こんな世の中を生きてみたって」

彼らはいずれも、呂坂の住むここ愛染町のすぐ隣、白峠村で消えた少年たちだ。ポスターには『見かけた人は下記までご連絡願います』とあり、その下に所轄署の電話番号が大きく載っている。

だが、彼らが現在どこかで無事に生きているとは、呂坂には到底考えられなかった。呂坂だけではない。きっと誰もがほんとうはそう思っているのだろう。行方不明になってから、もうずいぶんと時日が経っている。白峠村といえば、自然の厳しい場所だ。流れの急な川もあれば、恐ろしい角度で落ち込んだ谷もある。子供が命を失うような事故は容易に起こりうるし、そんな事故に遭っているならば、遺体が見つからない可能性も高い。それに――。

彼らより以前に行方不明になった、最初の少年のように、誰かの手によって命を奪われている可能性だってある。

いやむしろ、その可能性が高いんだろうな――呂坂はそう考えていた。

少年たちは、殺されているのだろう。

誰かの手によって。

彼女の手によって——。

「まさかね」

ふん、と鼻息を洩らす。

「向こうで会ったら、ほんとうのところを教えてくれるかい」

呂坂は顔を歪めて笑いながら、ポスターに向かってそう呟いた。


県道を左手に折れ、一面に水田が広がる場所に出る。いまは水を抜かれてすっかり干涸びている水田の脇を、空っ風に煽られながら、背中を丸めた案山子のような格好で足早に通り過ぎる。

母さん——。

トラクターのつくった深い轍にときおり足を取られそうになりながら、呂坂はいつのまにか、死んだ母親のことを考えていた。

向こうで、またいっしょに暮らそうな——。

呂坂の母寿々が死んだのはちょうど二年前の今日、一月二十日のことだった。享年七十六。幼い頃に父親を亡くして以来、母は呂坂にとって唯一の肉親であり、家族であった。彼女は、社会に出て働くことのできない息子を恥じ、家ではいつも渋面をつくっていた。自分の年金をあてにして生きている呂坂に対して投げかける言葉は、いつだって文句や嫌味ばかりだった。

しかしそんな母も、七十を過ぎたあたりから、急におとなしくなってしまった。終日家でごろごろしている呂坂に向かって、以前のように文句の一つでも言おうと口をひらきかけるのだが、ふとそれを思いとどまって、ただ哀しげな表情だけを見せるようになった。呂坂に対して彼女が感じるようになった、ある負い目が、そうさせたのだ。

彼女の感じていた負い目。

それは、痴呆（ちほう）の自覚だった。

「今朝は屋根を持ってきたんだねえ、幹男」

「屋根？」

「屋根がないと家の中が寒いからねえ。あんたが屋根を持ってきてくれて助かった」

たしか、そんな会話がはじまりだった。

悩める不遇の歳月を精一杯生きてきた彼女の脳は、七十余年にしていよいよ疲れ果ててしまったのだろう。意味のわからないことを口にするようになった。おかしな行動をとるようになった。一人でふらふらとどこかへ出かけ、帰ってこられなくなるようなこともしばしばあった。そしてときには、呂坂に向かっておずおずと名前を訊ねるようなことさえあった。はじめのうちは、彼女自身はそんな症状に気づいてはいなかったし、呂坂も敢えて母の行動の異常さを本人に告げるようなことはしなかった。

きっとあのまま、知らないふりをつづけていればよかったんだろうなあ——。

呂坂はいまさらながら臍を噬む。

だが、あるとき呂坂は、母に告げてしまった。母が認知症であり、その程度がどれほどのもので、そしてそのせいで自分が昨今どれだけ苦労しているかを、母に向かって訴えてしまったのだった。

あれは、呂坂が何の気なしに居間の鏡を見たときのことだ。母が嫁入りのときから使っている鏡台の、大きな三面鏡。鏡台は居間の隅に置いてあった。そのとき呂坂は部屋の真ん中で、卓袱台に向かって胡座をかき、昼間から焼酎をちびりちびりやっていた。

ふと鏡に眼をやると——。

鏡の中に、自分の姿と、その後ろにいる母の横顔とが見えた。

そのとき眼にした光景を、呂坂はいまでも忘れることができない。鏡の中で母は、汚いものでも見るように、あるいは強い恨みの対象を睨まえるように、じろりと視線を下に向けて立っていた。そしてその視線の先には、ほかでもない呂坂がいるのだった。母のそんな眼つきを、呂坂は生まれてはじめて見た。そしてこれまで自分の見ていないところで、母がどのような眼で自分を眺めていたのかを、はじめて知った。母が自分に対して普段どのような感情を抱いていたのかを。現実を鏡越しに垣間(かいま)見た呂坂は、恐怖に近い感覚をおぼえた。そしてその感覚に、呂坂は耐えきれなかった。

救(ぼ)いようのないのは俺だけじゃない。

呆けてるくせに。

あんたなんて呆けてるくせに――。

呂坂はいきなり立ち上がると、母に向かってわけのわからない大声を上げた。母はぎょっとした顔で、呂坂を見返した。その母を睨みつけながら、気がつけば呂坂は、勢いにまかせて、思い出せるかぎりの母の痴呆の症状を、彼女に向かってつづけざまに並べたてていたのだった。

母は呂坂の言葉をすぐには信用しなかった。腕を組んで鼻を鳴らし、いかにも馬鹿馬鹿しいというように、ふんと呂坂を見返した。

「あたしャ、そんなおかしなことしやしないよ」

「いや、してるんだ。あんたは呆けてるんだ」

「呆けてなんかいやしないってば」

「呆けてるんだよあんた、もうすっかりおかしくなってるんだ！」

強い口調で言うと、それまで鼻を鳴らして笑っていた母は、急にきょとんとした顔になり、正面から呂坂をじっと見つめた。その顔は、やがてくしゃりと歪んで、泣き笑いのような表情になったかと思うと、唇がふるふると震えだし、目脂のついた小さな眼から、じわじわと涙が溢れだした。

そして母は呂坂に背を向けて、逃げるように台所に向かい、いつもどおりの仕草でそそくさと食事の仕度をはじめたのだった。食材の余り物を集め、つましい料理を拵えるその背中が、ときおり引きつけを起こしたようにびくんと震えるのを、呂坂はただ呆然と見守っていた。ひどい後悔と、どうしようもなく情けない気持ちと、強い哀しみとが、彼の胸をずっしりと埋めた。そしてその重苦しい感情は、呂坂の胸から抜け出ることなく、捨てられない大きな荷物のように、いまでも彼にまとわりついている。

それからというもの、母は呂坂に対して何ひとつ不平や不満を口にしなくなった。呂坂がどれだけ母の年金を持ち出そうと、その金でどれだけ酒を買って飲もうと、何も言わなくなった。呂坂は母をそんなふうに仕向けてしまった自分に言いようのない嫌悪を感じながらも、生来の自堕落な性向に克つことができず、ただただ穀潰しの日々をつづけていた。そのあいだにも、母の痴呆はますます進行していった。

そんな生活が、三年余りつづいた。

そして二年前、七十六歳で母は死んだ。

あれも、寒い風の吹く日だった。

夕暮れどき——。

呂坂が県の無償介護サービスに関する手続きで役場まで出かけ、用事を済ませて帰宅すると、家の中が薄暗かった。

「母さん、いないのか？」

母の姿が見えない。風呂場の灯り(あか)がついていたので、風呂を使っているのだと思った。ところがいくら待ってみても、母は風呂から出てこない。声をかけても返事がない。呂坂は訝しみ、風呂場の扉を細くあけ、そろりと中を覗いてみた。

母は手首を切って死んでいた。湯槽(ゆぶね)に湯を張り、その中に裸で浸かって、歪んだ白い蠟人(ろう)形のように、小さく硬くなっていた。紅く染まった湯はすっかり冷たくなっていたが、呂坂が震える指で触れた母の顔ほどではなかった。母は湯槽の隅で、膝を抱え込むように自分の身体に引き寄せ、背を丸め、首は上に傾けて、眼をつぶり、ぽっかりと小さな口をあけて死んでいた。湯槽の縁に、手首を切るのに使ったらしい剃刀がぽつんと置かれていた。

痴呆を悔いての自殺。

世間的にはそういうことになった。

痴呆老人が鬱病を併発し、自ら死に向かってしまうことは、近年よくあるのだと、現場を検分にやってきた所轄署の係官が陰気な口調で教えてくれた。そして、その鬱病の併発は、同居者の配慮の不足が原因となっている場合がほとんどなのだと。自分のとった無神経な行動が母を死に追いやった。呂坂はそう考えて、来る日も来る日も自責の念にかられ、針の莚に座るような気持ちで暮らしてきた。

つい昨日までは。

あんなもの、見ないほうがよかった――。

家路を辿りながら、呂坂は強く歯を嚙みしめる。

どうしてあんな遺書を――。

母は、一通の遺書を残していたのだ。脱衣所のすのこの下で、呂坂は昨日それを見つけた。明日一月二十日が母の命日であることを思い出し、なんとなく彼女の死んだ風呂場に座り込み、あれこれ考えごとをしていたときのことだった。湿気でだいぶふやけた、白い封筒。

――おそらく母はその封筒を、死に際に、すのこの上にでも置いておいたのだろう。そしてあの日、母の様子を見に、呂坂が脱衣所から風呂の中を覗き込んだとき、それをうっかり足先で蹴り飛ばすかどうかして、すのこの下に潜り込ませてしまったに違いない。

呂坂は封筒を見つけると、すぐに封をあけた。中には一枚の便箋が入っていた。鉛筆書きで、そこには母の最期の言葉が綴ってあった。呂坂はそれを何度も読み返し、その内容に驚愕し、衝撃を受け、そして――。

すべて、黙っていようと思った。

この遺書の存在を、けっして人には洩らすまいと心に誓った。

その内容が、母の恐ろしい罪を告白するものだったからだ。

人殺しの息子――。

その事実が呂坂に与えた驚愕と衝撃には計り知れないものがあった。呂坂は母の遺書を手に、脱衣所に座り込んだまま、立ち上がることさえできなかった。日が暮れて夜になっても、脱衣所の冷たい床に尻をつけたまま、ただじっと脱力していた。そのまま日付が変わり、真夜中になった。頭の中では雑多な思いが交錯し、渦巻いていた。母の犯した罪の恐ろしさ。母の哀れさ。母への怒り。

ところが朝が来てみると――。

呂坂は自分の気分がやけに晴れ晴れとしていることに気がついた。そしてそのことを心底意外に思った。

いまにして思えば、あのとき呂坂は自分の人生に見切りをつけること、つまりは自らの命を絶つことを、ようやく決心できたのだ。もともと何の価値もない穀潰しの自分という存在に、ほかでもない実の母が罪人であったという事実が付加されたことで、もう何のためらいもなく自分の人生を終わらせることができる。そのことを、呂坂は心のどこかで喜んでいたのだ。今日が母の命日であるという不思議な符合も、呂坂のそんな気持ちを少しく増長させていたのかもしれない。

午後になり、呂坂はふらりと家を出た。手持ちの金をすべてポケットに詰め込んで。その金で、自らの最後の晩餐を演出する酒と肴を買うために。

もうすぐ、ぜんぶ終わる——。

気がつけば、家はもうすぐそこだった。

死に際には、せいぜい母さんに殺された男の子の冥福を祈らせてもらうさ——。

スーパー『あいぞめ』のビニール袋を胸に抱え、呂坂は屋根の傾いた陰気な自宅を目指して歩いた。

がたつく玄関の戸をあけ、腐れと白蟻ですっかりぶよぶよになっている廊下を抜けると、呂坂は居間の卓袱台の前に腰を下ろした。灯油を買う金がなくなってからというもの、ただでさえ隙間風の入り込むこの家は、一日中凍えるような寒さを抱え込んでいる。居間の畳も氷のように冷えきっていた。

ビニール袋から紙パックの焼酎とホタルイカを取り出し、雑多なものが置かれた卓上に並べる。

「ん——」

ホタルイカのトレーの下で、何かが音を立てた。

首を曲げて見てみると、それは錆びたハーモニカだった。薄い灰色の埃に覆われて、並んだ十個の穴さえもほとんどその埃で塞がっている。

「おお、あれか」

存在さえ、もう忘れかけていた。

それは、呂坂が母親のために調達してきたハーモニカだった。痴呆の改善に楽器の演奏が効果を発揮すると聞き、小学校の学習用具を売っている店からこっそり持ち出してきたのだ。呂坂が酒を飲む脇で、母が懸命な様子で『きらきらぼし』の演奏を試みていたのを、よく憶えている。その曲の譜面が、ハーモニカのケースにはじめから入れられていたのだ。母は母なりに必死だったのだろう。メモ用紙程度の大きさの譜面を、丁寧に皺を伸ばして畳の上に置き、それを一心に見据えながら、母はいっこうに上達しない『きらきらぼし』を毎日毎日吹きつづけていた。

これもけっきょく、役に立たなかったなあ——。

懸命な母の努力も虚しく、この楽器でフカフカやることが彼女の痴呆症状の進行を遅らせたり、ましてや改善させたとは、とても思えない。

「ま、こんなもんで治りゃ世話ないわな」

呂坂は埃まみれのハーモニカを指先でつまんで傍らに放り投げる。畳にぶつかったハーモニカは、ぼうんと不思議な音を立てた。

大きく一つ息を吐き、卓袱台に向き直る。

卓袱台の下に、いつ使ったのかも思い出せない割り箸が二本転がっていた。先っぽの茶色いそれを呂坂は拾い上げ、匂いを嗅ぐ。それからホタルイカのラップを剝がして、焼酎のパックに貼りつけてあったストローを抜いた。

「あ……」

風呂に湯を張るのを忘れていた。呂坂は立ち上がり、風呂場へと向かう。

母の死んだ風呂場。自分がこれから死のうとしている風呂場。子供の頃、ここで洗面器にザリガニを飼っていたこともあったっけ。

蛇口をひねって湯を出す。ガスと水道がまだ止められていなかったことに感謝した。呂坂は居間に戻ると、ふたたび卓袱台の前に座り、紙パックの焼酎をストローでひと口飲んだ。

久方ぶりの酒に、腹の底が熱くなる。先っぽの茶色い割り箸を手にして、ホタルイカを一つ口に入れた。それを口の中でくちゃくちゃやりながら、呂坂は昨日見つけた母の遺書を思い起こした。

母の遺した文章によると、母が少年を殺したのは、三年前の八月十五日のことらしい。母は呂坂の出かけているあいだにふらりと家を出て、白峠行きのバスに乗ったのだという。八月十五日といえば、白峠村を中心とした天狗祭りが開催される日だ。祭りを見に行ったのか、それとも何か別の用事でもあったのか、わからない。母は白峠に出かけた理由を何も書いていなかった。

とにかく母は白峠でバスを降りた。そしてどういうわけか白早川の河原へと向かい、一人の少年と会った。そこで母は少年を――。

殺してしまったのだという。

「わからんなあ……」

くちゃくちゃと顎を動かしながら、呂坂は力なく呟いた。

どうにもわからないのだ。何故母はそんなことをしたのか。どうして白峠村や白早川なんかに行ったのか。何度遺書を読み返してみても、母は少年を殺した理由をどこにも書いてない。書いてあるのはただ、母がいつどこで何をしたかの説明と、あとはひたすら、すまない、申し訳ないと、謝罪の言葉が狂ったように連ねてあるだけなのだった。

やっぱり、ぜんぶ呆けのせいなのかな——。

三年前の夏といえば、もう母の痴呆がかなり進んでいた頃だ。自分自身の行動を理解できないままに、白峠村へと向かい、川で出会った少年に危害を加えてしまうようなことは、まあ考えられないことではない。

「けっきょく、そういうことなんだろうな……」

深い溜息をつき、呂坂はストローから焼酎を吸い込む。ずるずる、と音がして、もう中身がないことを呂坂に告げた。気づけばホタルイカも最後の一つとなっている。

いまさら考えても仕方がない。

ただひとつの救いは、ほかの少年たちの件について、母が関係していないらしいことだった。母が遺書に書き残していたのは、ただ一人の少年の死についてだけだ。もっとも、だからといって母がほかの少年たちの件に関して絶対に無関係だとはいえない。忘れてしまっているだけなのかもしれない。

それだけは、信じてやるしかないのだろう。

最後のホタルイカを口に放り込むと、呂坂は立ち上がった。長いこと座っていた膝の関節が、ぽきぽきと鳴った。

風呂場を覗いてみると、湯槽から湯が溢れ、タイルの上に流れ出していた。呂坂はのろのろと蛇口をひねり、湯を止める。

「さてと……」

いったん居間に引き返し、母の使っていた鏡台の引き出しをあけた。そこには、昨日見つけた母の遺書が、封筒に納めて置いてある。呂坂はそれを脇に退けて、その下にあるものを二本の指でつまみ上げた。それは、錆びた剃刀だった。母が命を絶つのに使った、あの剃刀だ。呂坂は母の死体を見つけた日、現場を検分に訪れた所轄署の係官に願い出て、この剃刀をあとで返してくれるよう取り計らってもらったのだ。そのときはただ、母の形見の一つとして取っておくだけのつもりだった。しかし今朝になって、呂坂は自殺を思いつくのと同時に、どうせ母と同じ日に死ぬのなら、同じ場所で、同じ刃物で、と考えたのだ。

脱衣所で服を脱ぐ。すっかり裸になると、呂坂はだらしなく脱ぎ散らかした自分の服を見下ろして思わず苦笑した。

「これじゃあ、あんまりか」

脱衣所の床に屈み込み、脱いだ服を丁寧に畳み直す。自分の死体を発見するのが、いったい誰なのか、それはわからないが、とにかくあまりみっともないところは見せたくない。母が死んだときも、彼女は自分の脱いだ服をきちんと畳んでこの脱衣所に重ねて置いていた。

それにしても、自分の死体は誰が見つけるのだろう。

「大家だな――」

呂坂は一人うなずいた。

きっとこの借家の大家だ。セーターやらジャンパーやらで、いつも大げさに着膨れた、膏薬臭い太った中年女。彼女のほかにこの家を訪れる人間など思いつかないから、死体の発見者はあの大家に違いない。

焼酎のおかげで少しは身体が温まっていたが、それでもやはり裸でいると背筋がぞくぞくしてくる。脱衣所にしゃがみ込んで、慣れない手つきでもそもそと服を畳んでいるうちに、冷たい床にふと陰嚢が触れて、呂坂は思わず声を上げた。そのあと肩を震わせてしばらく笑った。

やがて立ち上がると、呂坂はみすぼらしい裸の肩を抱え込むようにして風呂場へ入った。濛々と湯気の立ち昇る湯槽に身体を入れると、びっくりするくらい気持ちがよかった。最後にこんな贅沢も、いいもんだ。

肩までゆったりと湯に浸かり、呂坂は眼をつぶる。なんだかあんまり気持ちがいいので、これでは自殺の決心が揺るぎはしまいかと心配になった。

「早いとこ済ませるか……」

眼をあけ、呂坂は湯槽の縁に置いた剃刀を手にすると、何のためらいもなく自分の左手首を深々と切り裂いた。刃が錆びていたので、皮膚の切れる音が聞こえた。

ものすごい血だった。どくん、どくん、と呂坂の心臓の動きに合わせて、ぱっくりとひらいた傷口からどんどん血が飛び出してくる。傷口は蛙（かえる）の口を連想させた。蛙がにやにやしながら、ぐえ、ぐえ、と血を吐いているようだった。その様子がなんだかいやらしかったので、呂坂は手首を湯の中に沈めた。たちまち湯槽の湯がもやもやと赤黒く染まる。立ち上る湯気に、強烈な血の臭（にお）いが混じる。それをすぐ鼻先で嗅ぎ、呂坂は吐き気をおぼえた。尻を引き、背筋をなるべく伸ばして、湯面から顔を遠ざける。

そういえば――。

次第にぼんやりとしてきた意識の中で、呂坂はふと思い出した。

母さんの遺書を、そのままにしてあるんだ――。

あれは、処分しておくべきだった。もし自分の死んだあと、誰かがあれを読んだりしたら、母の行いが世に知れてしまう。

「いけない……」

朦朧（もうろう）とする頭を振り、呂坂は湯の中で立ち上がった。

ざぶりと音を立て、呂坂は湯槽の縁を乗り越えた。赤い湯が一気にタイルの上に広がり、さらにその上に、ひときわ赤い鮮血が呂坂の左手からぼたぼたと垂れ落ちる。脱衣所に出ると、呂坂は先ほど畳んだ自分の服を蹴散らして居間まで戻った。畳に赤い裸足(はだし)の足跡をつけながら鏡台に近づく。しかしあともう一歩というところで——。

「ちくしょう……」

呂坂はばたりと畳の上に転がった。

最後まで、どうしようもない息子で終わっちまうのか——。

それは嫌だった。それだけは嫌だった。

向こうで会ったときに、どう顔向けすればいいんだ——。

渾身(こんしん)の力を振り絞り、呂坂は畳の上を這い進む。やがてどうにか鏡台まで行き着くと、震える右手を鏡台の引き出しに向かって伸ばした。鉤形(かぎがた)に曲げた指先で、なんとか取っ手を摑む。しかしもはや呂坂には、摑んだ取っ手を正しい方向に引っ張るだけの判断力はなくなっていた。呂坂が右手を力一杯引くと同時に、鏡台は大きな音を立てて畳の上に横倒しになった。そのはずみで引き出しがすっぽりと抜け落ち、その中身が畳の上に散らばる。

母さんの遺書——。

呂坂は歯噛(はが)みする。

どこだ——。

あった。畳の上に広がった貧乏臭い化粧品の中に、白い封筒が見えた。呂坂はずりずりと腕を引き摺るようにして伸ばし、指先でそれを摑む。しかし――。

「くそ……」

もう腕を上げることさえできなかった。途方にくれ、指先でふるふると震える母の遺書と、倒れた鏡台とを、ただぼんやりと見つめる。鏡台の三面鏡は、蝶番が錆びついているのか、横になっても左右の鏡が閉じることなく、ある程度の角度を持ってひらいていて、それぞれの鏡が三つの違った情景を映し出していた。

真ん中の大きな鏡には、呂坂の顔が映っている。下になった鏡には、薄汚れた天井が映っている。そして上になった鏡には、呂坂の背中が映り込んでいる。

あれは、何だろう。

呂坂は眼を凝らす。自分の背中を映す上側の鏡を、じっと見る。

俺の背中だ。血でピンク色になった俺の背中。しかし、あれは何だ。あの、俺の背中に浮き出している、二つの黒いものは何だ。あれは――。

「眼だ……」

次の瞬間、鏡の中で、呂坂の背中に浮き出た二つの眼が、ぱちりと瞬きをした。呂坂は叫び声を上げた。それは彼自身が生まれてはじめて耳にする、心底からの恐怖の叫びだった。

第二章　背の眼

一

洒落(しゃれ)た二階建ての建ち並ぶ住宅地を歩きながら、私はもういちど携帯電話のリダイアルボタンを押してみた。しかし応答したのは相変わらず留守電の固定メッセージで、ロボットのような女の声が、いいかげん聞き飽きた抑揚で家主の不在を告げるばかりだった。

なるべくなら事前に連絡しておきたかったのだが——。

手元の地図によると、目指す目的地はもうすぐそこまで迫っていた。

ここ町田市は多摩丘陵のほぼ中心部にあたり、傾斜地のじつに多い地域だった。街を縦横にめぐる道路も驚くほど起伏が激しく、大通り以外はほとんどが坂道といってもいいくらいだ。じっさい私の歩いている路地なども、かなり急な勾配(こうばい)の上り坂で、横浜線の成瀬(なるせ)駅から歩きづめだった私はもう太腿を上げるのがだいぶおっくうになっていた。

「ここか……」

足を止めて目の前の建物を見上げる。

二階建てのアパート『グリーンフラット』は、ずいぶんと眺めのいい場所にあった。傾斜地のてっぺんに位置しており、左右と背後にまったく建物がなく、かわりに砂利敷きの駐車場が延々と広がっている。

「１０１……と」

向かっていちばん左のドアが、目的地である１０１号室だった。脇にインターフォンが取りつけられた、白いドアの面に、黒いアクリル板が貼りつけてあって、そこに金色の細い明朝体でこう書かれている。

『真備霊現象探求所』

私の大学時代の友人である、真備庄介の構えた事務所だ。先日福島県の山中で体験した不可思議な出来事について、相談をするために、私はここへやってきたのだった。

あの旅先から逃げるように帰ってきて以来、私の頭の底には例の出来事が澱（おり）のようにこびりつき、どうしても離れてくれなかった。その澱を取り除いてくれる人間を、私は切実に求めた。それが叶わなくとも、せめて相談を持ちかける相手が欲しかった。そこで私の頭にぽっかりと浮かんだのが、彼、真備庄介の顔だった。いつかの同窓会のときの噂話で、学生時代から怪奇現象の解明が趣味なのだといつも言っていた真備が、いまでは趣味が昂じてそのすじではわりと有名な研究者になっているらしいと聞いていた。そこで私は真備のもとを訪ねてみることを決心したのだ。もっとも彼とは大学卒業以来十年間も音信不通だったので、住所も連絡先もわからなかった。試しに学生時代の連絡先へ電話をかけてみたが、その番号は現在使用されていないとのメッセージが返ってきた。何人かの友人に連絡をとり、真備の連絡先を訊いてもみたのだが、知っている者はいなかった。

なかば諦め、私は仕方なく自宅のパソコンに向かい、相も変わらぬ駄文を綴っていたのだが、やはりどうにも仕事に集中することができない。あるときふと思い立って、私は彼の名前をインターネットで検索してみることにした。すると驚いたことに、百件以上ものヒットがあった。はじめは何かの間違いかと思ったほどだ。しかしヒットしたサイトをひらいてみると、たしかにそこに名の挙げられている真備庄介とは、あの真備庄介であるらしい。霊現象に関係したサイトが大半を占めていて、『真備庄介氏の鑑定によると』とか、『真備庄介の著書にあるように』とかいうかたちで、各サイトの中で彼の名前が頻繁に登場していた。なかには彼を中傷するようなサイトもあり、『インチキ霊媒師名簿』なるリストの中に彼の名がひときわ大きなフォントで載せられているようなこともあった。ところで何より私が驚いたのは、いわゆるファンサイトの多さだった。それらのサイトには真備庄介の女性ファン専用の掲示板があったり、真備庄介の写真だけを集めているページもあった。

なんだかよくわからないが、彼がそのすじですこぶる有名人になっているという噂はどうやらほんとうだったらしい。あるサイトが彼の事務所の住所と電話番号を載せていたので、私はさっそくそれを手帳に書き写した。それがつい昨夜のことだ。

「真備霊現象探求所――」

１０１号室の前で腕を組み、声に出してそのアクリル板の文字を読んでみる。

しかし、なんでまた探求所なのだろう。実際に彼がここでどんな仕事をしているのかはわからないが、普通こういった場合には研究所とするのが一般的なのではないか。

「まだ留守かな……」

ドアの前に立ったまま、いまいちど携帯電話のリダイアルボタンを押してみる。やはり応答はない。耳を澄ますと、ドアの中から微かに電話のベルの音が聞こえてきた。

さて、どうするか。

なにぶん寒空の下だ。ここでこうして立ち尽くし、いつ戻るとも知れない部屋の主をぼんやりと待っているのは得策とはいえまい。

「出直してくるか……」

私はコートのポケットに両手を突っ込んで踵を返しかけたが、

「しかしなあ……」

自宅から近い場所ならまだしも、遠路はるばるこうしてやってきたのだ。このまま帰ってしまうというのも、もったいない気がする。それにだいいち、頭の底にこびりついたこの不快な澱を、これ以上放置しておいて、平静でいられる自信は私にはなかった。

自分の優柔不断さに嫌気を感じながら、私はドアの前でうろうろと、動物園のヒグマのような動きをしばらく繰り返していた。

と、そのとき。

てっきり留守だとばかり思っていた101号室のドアがいきなり内側からひらかれた。ドアの中から美人が顔を突き出した。そしてその美人は唐突に次のような台詞（せりふ）を、かなりの高圧的な口調で言い放った。

「いいかげんにしないと警察に連絡しますよ」

私はあまりにびっくりしてしまい、ただ呆然と口をあけて相手の顔を見つめた。彼女は細い眉を逆立て、なおも言葉をつづける。

「言いたいことがあればちゃんと先生と向き合って話し合えばいいじゃないですか。こそこそこそして、恥ずかしいとお思いにならないんですか？」

「いや、僕はべつに――」

すっかり面食らってしまい、言うべき言葉がまったく思いつかなかった。だが相手が私の顔を厳しい眼でじっと見据えたまま、それきり口をつぐみ、私が何か言い返すのを待っているようなので、仕方なく私はおずおずと来意を切り出した。

「あの、真備くんはいますか。彼に会いに来たんだけれども……」

「先生は外出中です」

そう答えたかと思うと彼女はぷいと顔を引っ込めて、そのまま勢いよくドアを閉じてしまった。

何なんだこれは――。

私はその場に立ち尽くし、たったいま目の前で閉じられたドアを、ただぼんやりと見つめていた。いまのは誰なんだ？　なんで私がこんな扱いを受けなければならないんだ？

少し時間が経つと、だんだん腹が立ってきた。

「あの、すみません――すみません、ちょっと」

私は意図的に憮然とした声を出しながら、拳でコツコツとドアをノックした。するとドアの横にあったインターフォンから、すぐさまもっと憮然とした声が返ってきた。

「何なんですかいったい」

私は少々気後れして、

「いえあの――あの僕は、真備くんの大学時代の同窓で、道尾という者なんですが――彼は何時頃戻ってきますでしょうか。もし教えていただければあとでまた出直して――」

インターフォンがものすごい勢いで切られた。そして次の瞬間、私の額の中央に、何か恐ろしい衝撃が加えられた。私はよろめく身体を支えつつ前方を見た。先ほどの女性が、ふたたびひらかれたドアの内側で眼を見開いていた。私は、いま自分の額に加えられた衝撃が、ドアの縁によるものだということをようやく理解した。

「申し訳ありませんでした！」

彼女が大声を出す。

「私、てっきり教団の人かと――」

じんじん痛む私の額を、彼女は恐る恐るといった手つきで触る。

「ほんとにごめんなさい、大丈夫でしたか。大丈夫なわけないですよね――ああどうしよう」

おろおろとうろたえて、ほとんど泣きだしそうな顔になるので、私は苦痛の真っ只中（ただなか）にあったにもかかわらずかえって恐縮した。

「いえ、ぜんぜんなんともないですよ。大丈夫です、大丈夫」

そう言いながら私は自分の額に手をやったのだが、その手にほんのりと血がついたのを見てぎょっとした。

「とにかく中に入ってください、冷やしたほうがいいですよね。消毒も——」

彼女に言われるまま、私は玄関を入った。そしてそのままリビングのソファーに座らされ、そこで彼女の手厚い看護を受けることとなった。

二

「まだ痛みますか？」

オロナインを塗布した絆創膏（ばんそうこう）を私の額に貼り終えると、彼女は心配そうに私の顔を覗き込んだ。彼女の吐息が鼻先に触れて、思わずどきりとした。

「いえもう平気です。痛みもおさまったし、そんなに大した傷でもないですよ。ほんと心配しないでください」

私がそう言うと、彼女はようやくほっと安心した顔をして、もういちど私に頭を下げた。

「ほんとに申し訳ありませんでした」

それから思い出したように、自己紹介をする。

「北見凜といいます。アルバイトで、先生の助手をやってるんです」

聞くと、彼女は一年ほど前からこの事務所で働いているらしい。

「もともと私の姉が先生と知り合いだったんです。私、大学を卒業したあと普通の会社に就職したんですけど、そこがすぐに倒産しちゃったものですから」

「ああそれで――」

姉の知り合いである真備を頼ってここへ来たというわけか。北見という苗字に聞き憶えはないから、彼女の姉というのは真備と私が音信不通になってからの知己なのだろう。あるいは、単に私が知らなかっただけなのかもしれない。真備はどういうわけか、自分の私生活の話をあまりしたがらなかった。

「それにしても、自分の事務所をひらいて人を雇って、じっさい真備は大したもんだな」

室内を見渡してみる。２ＬＤＫのつくりで、私たちのいるのは玄関を入ってすぐの場所にある、フローリングのリビングだった。私が腰を下ろしている二人掛けのレザー張りのソファーの向かいに、背もたれのない黒い長椅子が置かれていて、そのあいだに木の天板のローテーブルが据えられている。それらの調度以外には、背の高いパキラの鉢植えが一つあるだけで、なかなか広々としたリビングだった。カウンターの向こうに、奇麗に片付いたキッチンが見える。大きな冷蔵庫に食器類、炊事道具の類が揃っていて、どうやらここは事務所といっても住居を兼ねているようだ。

リビングの奥には部屋が二つあり、いまはどちらも扉が閉まっている。しかしそのうちの片方の扉は細く隙間があいていて、そこから室内が少しだけ見えた。きっとあそこが真備の仕事場なのだろう、メモの類が散乱した黒い大きなデスクがあり、その横に大きさのばらばらな本がぎっしり詰まった巨大な書棚が見える。

「先生、もうすぐ戻ると思いますから、ちょっと待っててくださいね。いまコーヒー淹れます」

「あ、どうぞお構いなく」

カウンターの向こうで、北見凜がかちゃかちゃとコーヒーの仕度をはじめる。私はその様子を、ソファーから盗み見た。

彼女はゆったりとしたオレンジ色のパーカーにジーンズという、ラフな格好をしていた。女性にしては背の高いほうか。たぶん私よりもわずかに低いくらいだろう。パーカーの袖を捲り上げた両腕が、とても白くて細い。眼鼻立ちのすっきりと整った、人形のような横顔。一見すると冷たい印象を与えそうなその顔に、芝居っ気のない自然な笑みが薄く浮かんでいて、それがなんともいえず魅力的だった。女の美しさというよりも、何だろう——もっと透明感のある美しさ。髪は肩に届くか届かないかという長さのストレートで、天然なのだろうか、少し茶色がかっている。身体の動きに合わせてさらさらと揺れるその髪を、片手の中指で耳に引っかけながら、彼女がちらりとこちらを見た。まずい、眼が合った。

「お砂糖いりますか？」

「あ、いやけっこうです、ぜんぜんけっこう」

ぷっと笑われた。

「道尾さん——でよろしかったんでしたっけ？」

「え、そうです、道尾です」

「先生の大学時代のご友人なんですよね。先生に友達と呼べる人がいたなんて、初耳です。先生ほら、ちょっと変わってるから」

「たしかにね。学生時代も、人といっしょにいるのがあまり好きじゃなかったみたいで、いつも一人で本を読んでいたな。僕はどういうわけか彼と気の合うところがあったから、よくいっしょにいたけど、それ以外はほとんど一人で難しい顔をしてたよ」

私は変わり者のひらいた事務所を見渡した。

「ところで真備はここで、どんな仕事をしてるの？　インターネットで見てみたら、なんだかずいぶんといろんなことをやっているみたいだけど」

北見凜はちょっと困ったような顔をして、「んんん」と鼻から息を洩らした。

「何て言えばいいんでしょう。説明するのが難しいんですよねえ……まあ簡単に言えば、人の相談に乗ってあげてるんです。身の回りに何かおかしなことが起きたような人が、先生に相談に来るんです。で、先生はそれを解決して、謝礼を貰って――」

「じゃあ、よくテレビなんかに出ている、霊媒師みたいな仕事なんだ」

「霊媒師とは違うんですよねえ――そもそも先生、幽霊とか信じてないみたいだし」

「え、そうなの？」

私は虚を衝かれて訊き返した。

「彼は幽霊現象とかを研究したり、解決したりしてるんじゃないんだ？」

「ええと……研究も解決もしてるんですけど……何だろう、上手く説明できないなあ……」

北見凜はしばらく天井を見上げて唇を尖らせていたが、やがて私に視線を戻した。

「じつは私も、いまだによくわからないんです。以前にいちど、先生のやっていることを説明してもらったことがあるんですけど、なんだかその説明が難しくって、余計わからなくなっちゃいました」

助手を自任する彼女にそう言われてしまっては、私としてはとりつく島もない。

「ふうん……」

少々不安になってきた。いったい私の胸の内にあるこの相談事は、はたして真備庄介に持ちかけるべきものだったのだろうか。

どうぞ、と北見凜がカップを二つローテーブルに並べる。礼を言い、さっそくひと口啜(すす)ると、何という豆なのか知らないが、そのコーヒーは驚くほど美味かった。北見凜は私の向かい側の長椅子に腰を下ろすと、自分のカップに砂糖とミルクを入れてスプーンでくるくると掻き回す。甘党らしく、砂糖の量がずいぶんと多い。

「さっき、教団がなんとかって言ってたけど、あれはどういう……？」

「そうそう、ほんとにすみませんでした。私、とんでもない勘違いしちゃって」

北見凜は恥ずかしそうに笑った。

「じつは先生、このまえある宗教団体をつぶしちゃったんです。霊感商法ってあるじゃないですか、先祖の霊が祟(たた)っているなんて言って、高額の壺とか護符を買わせるやつ。あれをやっていた教団なんですけど、その教団の信者の一人が、ある日ここへ相談に来たんです。自分のやっていることにふと不安を感じたらしくて。で、その相談を引き受けた先生が教団に乗り込んでいって――」

「つぶしちゃった？」

私があとを引き取った。

「ええそうなんです。先生が言うには、べつにつぶすつもりで行ったわけじゃないみたいですし、荒っぽいことをしたわけでもないらしいんですけど、結果的にそうなっちゃったんだそうです。信者全員のいる前で、教祖だっていう人に挨拶をして、いろいろと質問をしているうちに、なんだか難しい議論になってきて、それから——まあ簡単に言えば、先生がその教祖さんを言い負かしちゃったんですよ。そうしたら、翌日その教団の信者が全員、退団を申し出て——」

「信者が誰もいなくなっちゃったの？」

北見凜はこくりとうなずいた。

「で、その日から、残った教団の幹部たちが先生を攻撃してくるようになったんです」

「物騒だねえ……」

「物騒といえば物騒なんですけど——それっていうのが、暴力に訴えるとかそういうやり方じゃなくて、すごく陰険な——例えば悪戯電話とか、呪いの手紙とか、事務所のまわりを何十分もうろうろしてみたりとか……」

「そりゃ気持ち悪い」

言ってから、私はふと思い出した。

「じゃあ、もしかしてさっき僕が何度電話をしても出なかったのは——」

「あの電話、道尾さんだったんですか？　ごめんなさい、そうなんです、じつはこのくらいの時間帯って、ちょうどその悪戯電話が多いんですよ。だから最近ではいつも留守電にしておいて、メッセージと電話番号を入れてくれた人にだけ、あとでこっちからかけ直してるんです」

そのとき、玄関のドアがひらく音がした。振り返ると、そこに――。

「ああ寒い。なんだって今年はこんなに寒いんだ。やっぱり高台ってのはほかに比べてずいぶんと――」

懐かしい旧友の顔があった。

「――真備」

私は立ち上がり、彼を見る。

彼は玄関口に立ったまま、驚いたような顔で私を見返した。

まったく変わっていない。すらりとした長身。鋭角的な顎と鼻を持った顔は日本人ばなれしていて、髪は相変わらず少し長めで――どこか欧米の美人女優を彷彿(ほうふつ)させるような風貌(ふうぼう)。

真備庄介。

服装は、じつは私としてはもっと霊媒師的というか、古風な着流し姿などを予想していたのだが、黒いチノクロスのパンツに同色のハイネックのシャツ、グレーのロングコートに濃紺のマフラーという、じつに小ざっぱりとしたものだった。

「あ、先生お帰りなさい。いま先生の……」

北見凜が私を示して何か言いかけたのを真備は片手を上げて制すと、

「――わかってる」

私の顔を見たままそう言った。靴をいそいそと脱ぎ、つかつかとこちらへ近づいてきたかと思うと、片手をサッと差し出す。

「はじめまして、僕が真備庄介です。ところで年末の雪では東北道が規制されてさぞ難儀だったでしょうね。もっとも運送業に従事されているあなたなら抜け道などにもお詳しいでしょうから、ご実家に到着したときにはもう夜中になっていた、なんてことはなかったのでしょうけど」

「え、あれ……」

「どうしてわかったのかって？　簡単なことです。朝飯前の仕事です。まず玄関にあったあなたの靴は踵がかなり磨り減っているし、表面が埃で薄く汚れている。そしてあなたの穿いているズボンには、裾の後ろ側に微かなほつれが認められる。このことから、あなたが埃っぽい場所とマニュアル車の運転席とを忙しく行き来するような職業、すなわち運送業にたずさわっていることは明らかです。そしてあなたのその顔。頬が薄っすらと紅くなっている

――これは北国の出身者に非常に多く見られる特徴です。年末の休みに北国出身のあなたが帰省するには、東北道を通った可能性が極めて高いというわけです」

言うなり真備は得意げににやりと笑った。その顔を、私は呆然と見つめた。北見凜がきょとんとして、そんな私たちの様子を見比べている。

私の靴やズボンが擦れて汚れているのは、長いこと新しいのを買っていないせいだ。そして私の実家は北国などではなく三重県だし、頬が紅くなっているならばそれはたったいままで若い女性と二人きりという慣れないシチュエーションに置かれていたせいだろう。音信不通の原因は、大学卒業以来、鬱々(うつうつ)と蟄居(ちっきょ)をつづけてきた私の側にあるのだから文句を言えた義理ではないが、ここまで思いきって忘れられていると、やっぱり少し寂しい気がした。

「真備、僕は――」

言いかけて、ふと口を閉じる。そして次の瞬間、私は真備同様、にやりと口元を歪ませて笑っていた。

なるほど、そういうことか。

「――ホームズだね」

私が言うと、真備はくすりと笑った。

「きみの大好きだった名探偵を、ちょっと真似(まね)てみた」

「相変わらずだな……」

真備は昔から、この手の悪戯が好きだった。

「憶えていてくれてよかった」

私は真備に片手を差し出した。

「忘れるほうが難しいさ——あの頃、大真面目(まじめ)な顔で僕の相手をしてくれたのは、きみくらいのものだった」

真備は私の手をしっかりと握り返した。眼を細め、懐かしそうに私を見る。

「久しぶりだね、道尾くん」

「十年ぶりだ」

「長いこと音信不通だったけど、憧れの名探偵にはなれたのかい？」

「いや、本を書いてる」

「じゃあ、少なくともワトスンにはなれたわけだ」

真備は北見凜を振り返る。

「北見くん——僕のぶんもコーヒーあるかな？」

北見凜は胸を張ってうなずいた。

「もちろんです。しかも『豆のにしかわ』スペシャルブレンド。特売日だったんで、今朝ここに来る前にわざわざ自転車で買ってきました」

三

「じゃ、聞かせてもらおうか——」

長椅子に腰を下ろして私と向かい合うと、真備はそう切り出した。

「出無精のきみがわざわざこんなところまで出向いてきたのには、よほどの訳があるんだろうからね」

私はソファーに深く座り直す。

「でも、この話の内容が、はたしてきみのやっている商売に関係があるのかどうか、よくわからないんだ」

「そんなことは気にすることないさ。ドアのプレートを見たろう？　僕は霊現象を研究しているわけじゃない、探求しているんだ。ここにやってくる人たちの話を聞いて、それが少しでも霊現象に関係のありそうなものなら、喜んで首を突っ込ませてもらってるんだよ。本物の霊現象ってやつを見つけるためにね。そうだよね、北見くん？」

「いまのところ全敗ですけどね」

「まあ、本物の霊現象なんてきっと、そうどこにでもあるもんじゃない。だからこそ探しがいもあるってもんさ。たしかに事務所の開設以来、これまで確認してきたものはぜんぶ本物じゃなかったけど、だからといって霊現象の存在に見切りをつけてしまったら、それは自分の家の庭にちっぽけな柿の木しかないからといって、柿の木というものは高くならないと決めつけるようなものだ。北見くん、僕はね、何度も言うけど、いつか本物の霊現象を見つけることができたらドアのプレートを研究所に変えるつもりでいる。そこが僕の第二のスタート地点になるんだ。――ところで道尾くん、きみの話ってのは少なくともそういったことに関係がありそうなんだろうね？」

「うん、たぶん関係があるんじゃないかと……」

「へえ、これは見込みがある」

真備はいきなりぴしゃりと膝を叩いた。

「その曖昧さがなにしろいいじゃないか。たぶんか――へえ、じつにいいね。間違いなくとか絶対にとか、そういう言い方をする人間にかぎって思い込みが強いものだからね。たぶんか――まったくいい、たぶん。いや久々に聞いたなあ」

しきりに眼を輝かせながら、真備はずいずい私のほうに上体を乗り出してくる。

昔からこうなのだった。普段はいたって物静かなのだが、こと自分の興味のある事柄に話が及ぶと、真備はこのように異常な興奮を示すのだ。

私は相手の様子に気圧（けお）されながらも、自分の体験を話しはじめた。

「じつはこのまえ、旅行に行ってきたんだ。場所は福島県の山の中なんだけど――」

福島県という言葉を口にしたとき、真備が一瞬、おや、というような顔をしたが、そのときは気にもとめなかった。

三十分ほど経った頃。

私の話し方が上手くなかったためだろう、ずいぶんと時間を要したが、ようやく私はあの山中での体験を語り終えた。私が話している最中、真備は終始黙り込んで、真剣に私の話に聞き入ってくれた。その隣で北見凜も、コーヒーを飲むのも忘れて私の顔を見つめ、真備同様の真剣さで私の話を聞いてくれた。そんな二人を前にしているだけでも私は、自分の頭の底にあるあの不快な澱が、わずかだが軽減されていくのを感じていた。

「――なるほど」

しばしの後、真備が長い沈黙を破った。

「あのあたりで少年の行方不明がつづいているのは、僕もニュースで見て知ってたよ。最初の少年の遺体が異常なかたちで発見されたこともね。これまで大した興味は持っていなかったんだけど――」

言葉を切り、彼は手元のコーヒーカップをじっと見つめた。

「真備、あの声は何だったんだろう。河原に、殺された少年の思いが残っていて、それが僕の耳に――」

真備は自分のコーヒーカップを覗き込むようにしてうつむきながら、じっと押し黙っている。

「なあ真備、霊現象なんてものが、実際にあるんだろうか。自分で言うのもなんだけど、僕にはとても信じられないんだ。いや、もっと言えば信じたくないんだよ。あの山中での出来事にしてみても、できれば何かの勘違いであって欲しいと思う。もし霊現象なんてものが実在するとしたら、僕は恐ろしくてやりきれないよ。どうなんだろう真備、そんなものが実際にあるのかい？　さっき北見さんは、きみは幽霊を信じてないと言っていたけど――」

真備はちらりと北見凜を見た。

「きみ、そんなこと言ったの？」

「え、だって先生、いつか自分でそう言ったじゃないですか」

北見凜は驚いたように真備を見返す。

「それは勘違いだよ、北見くん。僕は、自分はオカルティストじゃないと言ったんだ」

「どういうことだい？」

私が嘴を容れる。

「つまり――心霊現象なんかのオカルティズムを信奉している連中をオカルティストと呼ぶけど、僕はけっしてそうじゃないと言ったんだよ」

「でも、あのドアのプレートは――」

「だからさっきも言ったじゃないか。僕は霊現象を研究しているわけじゃなく、探求しているんだ。ただ純粋に、探しているんだよ。霊現象の存在を確信しているわけじゃない。霊現象の存在の有無についての僕の意見を言うとすれば、あるかもしれないし、ないかもしれないといったところさ。僕はオカルティストでないのと同時に、現代科学万能主義者でもない。立場としては、まあ言ってみればどっちつかずのコウモリ状態なわけだ。ただ僕は、イソップ物語のコウモリのようなずるさは持っていないつもりだよ。僕は霊現象の存在を切実に望んでいる。つまり僕には『霊現象というものが存在して欲しい』という強い思いがある」

真備の早口の説明に、私はいささか混乱気味だった。ぽりぽりと頭を掻きながら北見凜を見ると、彼女は私のほうを向いて、「ね」というような顔をしている。私がしばし真備の言ったことを頭の中で反芻していたら、彼はふたたび口をひらいた。

「だからこそ、僕はこんな事務所をひらいたんだ」

片手で部屋をぐるりと示す。

「こういう事務所をひらいて、ああいうプレートを掲げていれば、ときにはわけのわからない教団の信者が訪ねてくることもあるかもしれないが、たいていは、ほら、きみのように、霊現象らしきものを体験した人が相談にやってきてくれる。そして僕は、自分で霊現象を探しに出かけるかわりに、持ち込まれてきたそれらの出来事に首を突っ込ませてもらっているんだよ。僕自身が、自ら霊現象を探しに出かけるわけにはいかないからね」

「ん——どうしてだ？」

真備の言葉に引っかかるものを感じ、私は訊き返した。

「どうしてきみ自身が霊現象を探しに出かけるわけにはいかないんだい？　だってきみは、僕のようにここへ相談に来る人たちよりも、数段そういった事柄に詳しいんだろう？」

自分で探しに出かけたほうが、見つける確率は高いのではないか——私は単純にそう思ったのだ。

「いや、それはできないんだよ——いま言ったように、僕は霊現象の存在を心底から望んでいる。そういった人間が往々にしてやらかしてしまうのが、思い込みというやつだ。僕が自ら動くことを避けているのは、その思い込みを警戒してのことなんだ」

「幽霊の正体見たり枯れ尾花、ってやつか」

私がそう言うと真備は、「それとはまた少し違う」と否定した。

「その川柳は、恐怖心を裏切られたかわりに安堵感を得たという顚末だろう。僕が警戒し怖れているのは、渇望を裏切られるという事態なんだ。その場合に僕がおぼえるのは安堵感なんかじゃない。より強い渇望でしかない。つまり――」

真備はしばし思案した。

「霊現象を食べ物に置き換えて考えてみれば、僕は常に空腹状態、飢餓状態なわけだ。そんな僕が、そうだな――例えば無人のジャングルに迷い込んだとする。そしてそのジャングルの奥地で、ある得体の知れないモノを発見したとしよう。そのモノは、なんだかぐにゃぐにゃしていて、形も匂いも曖昧で、動物なのか植物なのかも判別できず、まったくもって正体がわからない。普通の人間ならそれを見て、『これはいったい何だろう』という疑問を持つよね。そして棒切れでつついたり、靴の先で動かしてみたりして、正体を探ろうとする。でも飢餓状態の僕は、きっとそうはしないだろう。僕はそのモノを見た瞬間、『食べ物かもしれない！』と考えてしまう。そしてそう考えてしまったときから、僕にはそれが、だんだんとほんとうの食べ物のように見えてきてしまう。やがては食べ物にしか見えなくなる。そして、この空腹を救ってくれるかもしれないという期待にかられて、よく正体を確かめもしないうちからそれを口に入れてしまう可能性もあるんだ。それがほんとうに食べ物だったらいいさ。しかしそうでなかった場合、僕はすぐさま腹を下して、もはや救いようのない状態に陥ってしまう。どうしようもなく虚しい渇望と二人して、ジャングルの奥地で心中というわけだ」

真備は両膝の上に肘を乗せ、指先を組んだ。

「だから僕はここでこうして、相談者の来てくれるのを待っているんだ。自分で食べ物を探し回るのでなく、相談者の持ち込んでくる食べ物を鑑定する――つまり、『こんな得体の知れないモノを見つけたんだけど、これははたして食べ物なのだろうか』という相談に乗るというのであれば、僕がすぐさま『それは食べ物に違いない！』なんていう思い込みをやらかす可能性は低いからね。いくら僕が空腹でも、実際にそれを食べるのは僕でなく相談者なんだから、冷静な判断ができるというものさ」

「でも真備、きみの譬えを借りて言わせてもらえば、いくら無人のジャングルの中とはいえ、よほどの空腹状態じゃないかぎりそんな失敗はしないんじゃないのかな。そんな、ぐにゃぐにゃした気味の悪いモノを見つけて、その正体をよく確かめもしないうちに口に入れてしまうだなんて、ちょっとやそっとの空腹じゃ――」

「それはきみが」

真備は私の言葉をつづけさせまいとするかのように口をはさんだ。

「ほんとうの飢えってのを知らないからさ」

その言い方に小さな棘のようなものが含まれている気がして、私は思わず真備の顔を見直した。するとテーブルに視線を落として口を閉ざした。私は訊ねるように、彼の隣の北見凜を見る。すると彼女もまた私から視線をそらして、あらぬ方を向いてしまうのだった。

何だろう——。

私は内心首をひねる。

いまのはどういう意味なのか。真備の言う「ほんとうの飢え」というのは、いったいどんなことを指しているのだろう。

「でもそういった思い込みってのは、実際にあるんだぜ」

しばらくすると、真備がふたたび口をひらいた。その口調はもうさっきまでと同じ、軽快なものに戻っていた。

「例えばその昔、まだ科学がずいぶんと未熟だった頃、人間の身体の元は精子に含まれていると考えていた学者がいた。精子の中に、小さな小さな人間の身体があって、それが母親の子宮の中で成長し、赤ちゃんになって出てくるんだってね。その学者は来る日も来る日も、自分の学説を証明することばかりを考えて、懸命に顕微鏡を覗きつづけた。そしてある日、ついに見つけたんだ——顕微鏡の先に据えられた精子の中に、恐ろしく小さな人間が、膝を抱えてじっとうずくまっている姿をね」

「ほんとうかい？」

思わず訊き返すと、真備は「そんなはずがないだろう」と言って笑った。

「思い込みだよ。毎日毎日、自分の頭の中にあるイメージだけを探して顕微鏡を覗いているうちに、とうとうそのイメージがほんとうに見えるようになってしまったんだ」

「そうか。そうだよな——」

「在るものを見るのではなくて、見えるものを在るとする——これは人間が非常に犯しやすい誤謬なんだ。こういった思い込み事例は、もちろん現代でもある。科学の分野でもそうだし、心霊現象、超常現象などの疑似科学的分野にいたっては、ほとんどこの思い込み事例の束で構成されているようなもんだ。でも、だからといってそういった現象がこの世にありえないとは言いきれない。昔の科学者が、いまでは噴飯物の学説を堅く信じていたように、心霊現象や超常現象なんてありえないとする現代の大勢も、いつか逆に笑い飛ばされる日が来る可能性も大いにあると僕は考えている。——だいたいが、そういった現象をありえないと信じているその大勢にしてみても、彼らがほんとうに信じているのは否定論そのものじゃなく、それを説いたナントカ教授やカントカ先生なんだ。たしかに、人魂(ひとだま)の発生をプラズマ現象で解明しようとする大学教授もいるし、心霊写真を光の悪戯だと言いきる懐疑論者もいるかもしれない。でも、百個の人魂をプラズマ現象で解明しても、百枚の心霊写真を光の悪戯で説明してみても、百一個めの人魂や百一枚めの心霊写真が本物である可能性まで否定することはできないはずだろう？」

真備は言葉を切った。

私は自分のズボンの膝を撫で回しながら、しばらくうなずいていた。いっぺんに説明をされて、しかも真備の口調がかなりの早口なものだから、なかなか彼の言ったことをすっかり理解するというわけにはいかなかったが、

「つまり――」

私は真備に向き直ると、なんとか自分の中でごくごく単純な結論を出し、それを口にした。

「霊は、存在するかもしれないというんだね？」

このあまりに単純な結論づけに、真備が呆(あき)れた顔をするのではないかと私は少々不安だった。ところがそうではなかった。彼はいかにも我が意を得たりといったふうに、ゆっくりとうなずいたのだった。

「そう――存在するかもしれない」

四

「コーヒー冷めちゃいましたね。淹れ直してきます」

「あ、どうも」

三人分のカップを集めて北見凜がキッチンへ下がるのを眺めながら、私は真備に訊ねた。

「真備――霊ってのは、そもそも何なんだ？」

「もちろんはっきりしたことはわかっていないよ。もともと『霊』という日本語自体に、『眼に見えない不思議な力』という意味があるくらいだからね」

「きみのやっている分野では、何と説明されてる？」

「心霊科学の世界では――そもそも人間は肉体と霊的身体の双方からなるという考えが大前提にある。霊というものの正体が何であるかを定義することなしに、まずそれが在るという仮説の上に成り立っているのが、心霊科学の世界なんだ。だから、霊とは何かという物質的な説明は、心霊科学にはない。霊を説明しようとすると、どうしても観念的なものになってしまう。ここが心霊科学のちょっとずるいところだ」

「観念的な説明か――」

それはどんなものなのかと私が訊ねると、真備は両の掌を自分の胸へ向けた。

「まず、人間には霊魂というものが宿るとされる。いっぽうで、非物質的な人間の第二の身体として、幽体——スピリット・ボディというものが仮定されている。これが霊魂の担い手となっているんだ。霊魂を担った幽体が現象的に顕現したものを、一般的に霊現象と呼ぶ。つまり、眼に見えたり、写真に写ったり、音声として現れたりね。そしてその霊現象の主体となる存在が、いわゆる霊と呼ばれているものだ」

「つまり、霊ってのは、幽体と同義なわけか」

「まあだいたいそういうこと。人間の幽体は普段、肉体と重なり合って存在しているんだけど、その人が死亡した場合には肉体を離れて彷徨することになる。幽体が彷徨するのは『幽界』と『明界』の両世界、いわゆる『あの世』と『この世』で、通常はすみやかに幽界のほうへと向かう。これが何らかの理由で幽界に行かず、明界を抜け出さずにいるときに、この世で種々の霊現象を引き起こすと言われているんだ」

「いわゆる、成仏していない霊ってやつか？」

「いや、成仏というのはまた違う概念だよ。それは仏教の概念だし、そもそも成仏という言葉には霊があの世へ行くとか、この世を抜け出すとかいう意味はない。成仏というのは、煩悩や生死から解脱して仏になるという意味だ。よく霊媒師やなんかがこの成仏という言葉を好んで使っているけど、成仏と、霊がどうのこうのという話とは、じつはまったく関係がない。だいたい釈迦仏教自体、本来、霊や霊魂の存在を認めてはいないんだ」

「そうなのか？」

「釈迦仏教における存在論では基本的に霊魂不説の立場をとっている。霊魂について語ることをせず、霊魂と肉体という、二元的な考え方自体を否定しているのさ。だって考えてみれば、仏教というのは『空』あるいは『無自性』を基本にしている宗教なんだから、霊魂と肉体が同等な存在としてあって、その片方は不滅でもう片方は滅の対象だなんて、考え方としてそもそも教義にそぐわないだろう」

なるほど。

「もっとも仏教には輪廻転生の概念もあるから、その輪廻する主体とは何かを考える際に、方便として霊魂のような存在を仮定することはあるけどね。でもそれは肉体と霊魂が二元的に存在しているという捉え方じゃなく、あくまで一切衆生の本質はその『霊魂のような存在』のほうであり、人間として生きているあいだの肉体のほうは重要視すべきではないという捉え方だ。だいたいが、仏教の教義上で重要なのは、あくまで『心』や『行い』の部分だから、肉体がどうこうという考え方自体が仏教的なものではないんだよ」

なんだか複雑な説明に、私はただ「はあ」とだけ答えた。

「まあここで仏教の概念を議論しても仕方がない。――とにかくきみの言うところの霊というのは、心霊科学上では、肉体を離れて彷徨し、種々の現象を引き起こす、人間の第二の身体のことさ」

真備はそう結論づけた。

しばらくの沈黙の中、キッチンで食器の触れ合う音だけが聞こえていた。

「でもね、道尾くん」

真備がふたたび口をひらく。

「じつは僕は、いま話したような考え方は、あまり好きじゃないんだ」

「というと？」

「霊とはこういったものだ、という考え方。さっきも言ったように、心霊科学ではまず霊というものが在るという仮定があって、その上で霊とはどんなものかを定義している。仏教にいたってはもう、それ自体が仮定の束のようなものだ。これじゃあまったく非科学的だよね」

私はうなずいた。

「もっとも宗教が科学的である必要はまったくない。しかし心霊科学のほうはどうかというと、いちおう科学であると銘打ってある以上、霊についての科学的な説明をすべきではないか、少なくともその説明をするための帰納的な姿勢をとるべきではないかと僕は思うんだ。——きみは僕がミステリー小説をあまり好きじゃないのは知ってるよね？」

真備の一見突飛な質問に、私は虚を衝かれた思いで相手の顔を見直した。

「ああ、そういえばきみはいつか僕のすすめた文庫本を読んで、ぶつぶつ文句を言ってたね。『どうして事件を阻止できなかった探偵がこんなに賞賛されるんだろう』って。あれはたしか金田一耕助の——」

「そう、ナントカ村だかナントカ島だ。まあタイトルはどうでもいいけど、あれだって、けっきょく何人も人が殺されて、犯人がその目的をおおかた成就させてしまったあとで、探偵が関係者を集めて犯人を指摘し、動機や殺害方法などを含めた事件の顚末を説明するだろう。そして探偵は周囲から賞賛される。僕はその点に、どうしても首をひねってしまうんだよ。探偵はたしかに事件を解決したけれど、事件を防ぐことができたわけじゃない。事件の顚末なんて、犯人を捕えてから本人に訊けばいいじゃないか。事が起きてしまったあとでそれを説明することは、時間さえかければ誰にだってできるんだ。大事なのは、一刻も早くまず犯人を捕まえることだろう」

「たしかにそれはそうだが——それと霊と何か関係があるのかい？」

「殺人事件も霊現象もいっしょだよ。前者に大事なのが早期に犯人を捕えることであるのと同じく、後者でも、霊とは何かということをあれこれ机上で論じているよりも、まずは本物の霊現象を確認することが大事なんだ。霊とは何かを論じるのは、本来の順番から言えばその後のことだよ」

「なるほどね——」

詭弁（きべん）のようではあるが、この男が言うとなんだかやけに説得力がある。

「でも真備、その本物の霊現象ってのは、いったいどうやって見分ければいい？」

「消去法しかないだろうね」

真備は言う。

「僕自身は、霊と呼ばれているものを五つのカテゴリーに分けている。——ところできみは僕の本を読んだことは？」

私は首を横に振った。

「それは残念。もし読んでくれていたら話は早かったんだけど——まあいいや、じゃあ説明しよう。ただしこれはあくまで僕の考えであって、人によって意見は異なるということを承知しておいてくれよ。さっきも言ったように、思い込みってやつが何よりやっかいだからね」

私はうなずいて、目顔で先を促した。

「まず一つめのカテゴリーに含まれるのは、意図的に生み出された霊だ。霊という存在に先んじて、まず何か具体的な不可解な現象があり、その現象を説明するための手段として霊が持ち出される場合だね。例えば家庭内に不幸な出来事がつづいているとか、墓地で写真を撮ったらそこに顔のようなものが写っていたとか、あるいはある場所で交通事故がやけに多発しているとか——そういった現象を説明するために、霊という説明体系が利用される。人間というのは、理解できない謎や畏れを自分自身の観念の世界に押しとどめておくことができないから、果に対する因として、そこに霊という説明、あるいは霊という物語が生み出されるわけだ。霊能者やシャーマンと呼ばれる人々がいるけど、彼らの多くは、そういった説明や物語を生み出すことを仕事にしているともいえる。不可解に対して、『家庭の不幸は先祖の霊が祟っているのだ』とか、『写真に写った顔のようなものは、この世に未練を残して死んだ人の霊だ』とか、『この場所で交通事故が多いのは、ここで死んだ誰かの霊が人々に復讐をしているのだ』といった具合の回答をすることでね。——ここで登場した霊は、人間が不可解を理解にまで昇華させて形而上の納得を得るという隠れた目的を持って、体験者本人あるいは霊能者やシャーマンといった第三者が意図的に生み出したものだ」

そういえば私は幼い頃、木が動くから風が吹くのだと思っていた。近所の雑木林で、木々の枝が風の中で揺れているのを見て、そう思ったのだ。きっと、どこからともなくやってくる風というものが不思議だったのだろう。だから、木が風を吹かせるなどという馬鹿げた発想をしてしまったのだ。

「二つめの霊は、一つめとは反対に、実体に先んじて情報があるものだ。情報が実体を生み出す場合——つまり『ホテルのこの部屋で、以前に自殺者が出たらしい』とか、『ここの海岸は水死者が多いらしい』とかいう情報がまずあって、それを聞き知った人が、まさにそれらの場所で霊を見たり霊の声を聞いたりするという場合だね。この霊は、彼らが自分の持っている情報を怖れるあまり、自ら生み出したものだ。偽薬(プラシーボ)のようなものさ」

「なるほど偽薬か——」

その単語は私も知っていた。偽薬は、医学や精神科学の世界で用いられる手段の一つで、末期癌(がん)の患者に「これは新たに開発された癌の特効薬です」と偽ってただのビタミン剤を飲ませるなど、心理面の作用を利用して症状の改善を期待するもので、効果は実際にけっこうあるのだとか。

「人間の頭の中にある情報が偽薬となって、それが霊現象という効果を発揮してしまうんだ。自殺のあったホテルの一室で、夜中に誰かがベッドの脇に立っている姿がぼんやりと見えてしまったり、あるいは水死者が多数出ている海岸で、周囲に誰もいないはずなのに誰かの呻(うめ)き声が聞こえてしまったりね。物の怪というやつさ」

「モノノケ……」

真備はうなずいて、

「『物』という言葉は、本来人間の心を意味するんだ。心に哀しい気持ちが生じれば物哀しい。心に寂しさがあるなら物寂しい。そして、ある心的作用から人の心が怪しげな何かを生み出したなら――それは物の怪と呼ばれる。霊現象だけじゃない、それ以外にも、呪いや祟りの類なんかが、ほとんどこれに含まれてくる」

「呪いや祟りも――？」

「例えば僕のところに寄せられた事例の中に、こんなものがあるよ――会社の独身寮に住んでいる男が、同じ寮に住む友人に対して、ある理由から、殺したいほどの恨みを持っていた。彼は相手を恨むあまり、ついに丑の刻参りなどをはじめる。夜な夜な彼は、白装束を身にまとい、頭には鉄輪に蠟燭を立てて、藁人形を片手に神社へと向かう。そして友人の名を呟きながら、藁人形にこんこんと五寸釘を打ち込むんだ。それを彼は数日間つづけていた。するとどうなったか――」

「どうなったんだ？」

「彼の友人は、ほんとうに体調を崩して入院してしまったんだ。医者が検査したところ、体調不良の原因は不明だという」

「呪いが、実際に効いたってことか？」

私が思わず眉を上げると、真備は「そういうこと」とうなずいた。

「ただしきみが思っているような超自然的な効き方ではないけどね」

「というと――？」

「つまり、これも偽薬の一種なのさ。このように負の方向に作用した場合は、マイナス・プラシーボともいう。彼が丑の刻参りをしたときの格好を考えてみるといいよ――白装束を着て、頭には蠟燭、手に藁人形と五寸釘だ。いくら夜中とはいえ、これで人目につかないなんてありえないだろう。案の定、彼のそんな姿を見ていた人がいたんだ。で、その人は、彼が常々恨んでいるという噂の相手に、自分の見た光景をそっと伝えた。当人は驚き、怖れ、ついには体内のホルモンバランスを崩して、体調不良で入院してしまった――それだけのことだよ。『鰯（いわし）の頭も信心から』というけれど、それとちょうど対極の現象だね」

「ははあ……」

「科学文明に囲まれた現代でもこんなふうに呪いが成立することがあるんだから、きっと昔の世にはもっと強烈な効果を持った呪いが当たり前のように存在していただろうね。前論理的な思考を持った昔の人々にとっては、藁人形に釘を打つなんて行為は、呪う本人にとっても呪われる相手にとっても、ほとんど殺人と等価だったんじゃないかな。僕はいちどでいいからタイムマシンに乗って、そんな時代の、呪ったり呪われたりする光景をこの眼で見てみたいよ」

真備はなんだか嬉しそうにそう言った。

「まあ呪いの話は余談として、とにかくこれが、実体に先んじて情報があるという、二つめの霊のカテゴリーだ」

「しかし真備——」

私は口をはさむ。

「いつだったか、テレビでこんな話をやっていたよ——ある若者が家賃のやけに安いアパートを借りたんだ。彼はそこで新生活をはじめるんだけど、どういうわけか毎晩おかしな夢を見る。自分が首を吊ったり、手首を切ったりする夢だ。彼はノイローゼ気味になり、知人に相談をする。するとその知人が教えてくれたんだ——彼の借りたその部屋は、じつは以前に自殺のあった部屋なのだと。真備、この場合はどうなんだい？　彼はその部屋で以前に自殺があったなんて、ぜんぜん知らなかったんだよ。知ったのは、不可解な経験をしたその後のことだ。この場合は、情報がないのに現象が生じているといえはしないかい？」

「面白い話だね——」

真備は顔の前で両手の指先を擦り合わせた。

「しかし道尾くん、思うにそれも、いま話したカテゴリーに含まれるんじゃないかな。たしかにその彼は自殺の一件など知らなかったかもしれない。でも頭のどこかで、そういった類の想像を持っていたという可能性は高い。もともと家賃がやけに安かったんだし、おそらく賃貸の商談中に大家や不動産屋が不自然な態度を見せることもあったろう。それらの事実が彼にとっての想像材料となり、『この部屋では以前に何かよくないことが起きた』という架空の情報を生じさせ、『もしや人が死んでいるのでは』となり、『でもこのあたりで殺人事件のニュースは聞いたことがないから、自殺かもしれない』というかたちに変化して、それが彼におかしな夢を見させたんだと思うよ。——もともと人間の心には、不可解で恐ろしい体験をしたいという願望がひそんでいる。これは怖さを克服して成長したいという向上心に由来するんだそうだ。特に現代人はこういった傾向が、昔の人々に比べて強いようだよ。科学が不可解を次々解明してしまったものだから、そうそう怖いものなんて世の中に残っていない。だから自分でつくり出すというわけさ」

真備の説明は、素直に納得できた。

「なるほどね——話の腰を折ってすまなかった。で、三つめの霊というのは？」

「三つめは——霊の霊とでもいうべきものだ」

「霊の霊？」

「そう――この霊はこれまでの二つの霊と違って、実体がない。ちょっとした偶然によって生まれる、実体のない霊だ。例えば道尾くん、きみと僕が夜中に二人で公衆便所に入ったとする。きみが用を足したあと、ふと隅の暗がりに眼をやったら、そこに一瞬、人の姿を見たような気がした。僕たち以外には誰もいなかったはずなのにね。きみは、あれ、と思って、僕にそのことを伝える。そこで僕が返す反応には、大きく分けて二種類ある――つまり、『いやそんなはずはない』と否定するか『たしかに僕も見た』と肯定するかの二種類だ。僕がどちらの反応を返したにせよ、状況的な不可解さは倍増される。つまり僕の反応によって、きみの心の中には、自分の見た不可解な人の姿が強烈な印象として残ってしまうことになる。もしこのときさみが一人きりだったとしたら、そんなことにはならなかっただろう。人の姿を見た気がしたが、よく見たら誰もいなかった――その程度の見間違いなんて、べつに珍しくもないことだからね。きっときみはすぐに忘れてしまっただろう。しかしきみは僕にそのことを伝えたばかりに、心の中に不可解な存在を生み出すことになってしまった。――これがつまり、霊の霊さ。情報もなければ、実体さえない。ちょっとした偶然によって生まれ、ただただ体験者の心の中にだけ、具体性のない不可解な存在として強く残る」

「具体性のない不可解な存在――」

それでも、霊と呼べるものなのだろうか。私がそう訊ねると真備はうなずいた。

「この『不可解な存在』というのは、ひとつの能動体なんだ。それ自身が、さっき言った第一の霊や第二の霊に成長する可能性を持っている。この『不可解な存在』が体験者の心の中で成長していくと、やがてはある種の具体性を持つようになる。『そういえばあの人影は白い着物を着ていたような気がする』といったかたちでね。こうした具体性というのは、いちど生じてしまったらなかなか消えることはない。そして具体性を持った存在は『実体』にもなりうるし、『情報』にもなりうるんだ。つまり、そこで第一の霊や第二の霊が生まれることがある。——だから僕はこの存在を、敢えて霊と呼んでいるんだ。カエルの図鑑にオタマジャクシが載っているようにね」

「ははあ……」

わかったような、わからないような。

「で、四つめの霊は?」

「四つめは、精神病理としての憑依現象における霊だ。これがいちばんやっかいかもしれない。何故ならこの霊は必ず具体的な被害と加害を伴って現れるものだからね」

「憑依現象というと、あの狐憑きや何かのこと?」

「いいことを言うね道尾くん、まさにそのとおりだよ。ちょうどいい、その狐憑きを例として説明しようか。日本における憑依現象の代表格である狐憑きに、ちょうどわかりやすい事例がある」

真備はそう言いながら両手の指を組む。

「ある田舎の旧家に嫁いだ若い嫁が、早朝から深夜まで働きづめの生活を送っていた。しかし嫁がいくら一生懸命に働いても、姑（しゅうとめ）にいちいち難癖をつけられてしまう。夫に相談しようにも、夫は無理解で、彼女の話を聞こうともしない。——そんな状況を思い浮かべて欲しい」

旧家。嫁。姑。夫。評価されない労働。

辛（つら）い生活だ。

「ある日のことだった。その家で、とんでもない事態が生じた。普段は物静かだったはずの嫁が、突如として奇妙な行動をとるようになったんだ。彼女は狐のような鳴き声を上げながら家中を暴れ回り、家財道具を壊し、姑を攻撃し、夫に説教をはじめた。台所の油をぺろぺろ舐（な）め、油揚げを食い散らかした。姑や夫は怖れ慄（おのの）いた。それを見た近隣の者たちも震え上がった」

「嫁に、狐が取り憑いたのか？」

私が勢い込んでそう言うと、真備は「そのとおり」と答えた。

「いわゆる狐憑きの状態だ。ただしここで、すぐさま超自然的な解釈をもってこの狐憑きを説明しようとすると、大きな誤謬に陥る。何故かというと、このとき彼女に憑依したのは、狐そのものじゃないからだ」

「狐じゃなくって――何なんだ？」

「狐という、ペルソナだ」

「ペルソナ？」

真備は「人格のことさ」と言った。

「もともとラテン語で『仮面』を意味する単語だ。つまりこういうことなんだよ。――嫁はその家にやってきて以来、働きづめの辛い生活を送っていた。そんな生活の中で、彼女の無意識には、自分にそんな生活を強いる姑や、頼りにならない夫に対する、批判的な思いが生じていた。でも彼女はそれを外面に出すことができなかった。自分の中にじっと押し込めていたんだ。いまと違って昔のお嫁さんというのは、何でも我慢し耐えるべきだという世間の見方が強かったからね。そういうわけで、二人の同居者に対する批判的な思いは彼女の内面で蓄積され、増幅していった。そしてある日とうとう、それが彼女の心の閾値を超えてしまったんだ。しかし彼女は、社会的に『何でも我慢し耐える嫁』というパーソナリティーを負わされているものだから、心の閾値を超えてしまった批判的な思いをそのまま外面化することができない。そこで彼女が必要としたのが――狐という仮の姿、つまり狐というペルソナだったんだ」

「ははあ……」

「つまり彼女は、狐という仮面を被り、自分を自分でなくしてしまうことで、抑えきれない批判的な思いを相手にぶつけることを可能にしたんだよ。対人関係における自己の葛藤（かっとう）を処理する手段として、狐憑きという現象をいわば利用したわけだ。これが精神病理の一つとしての憑依現象。これは言ってみれば、精神的抑圧状態にある者が、個人的な責任を逃れつつ精神的安定を得るという目的で実行する、ひとつの防衛手段だね。——ただしこの行動は、嫁が意識的に行ったわけじゃない。純粋に無意識的な行動だ。つまり嫁自身にとっては、この現象は超自然的な狐憑きという現象以外の何物でもない」

「なるほどねえ、それが憑依……」

つまりその嫁は、無意識のうちに仮面を被ることで、それまでやりたくてもできなかったことを存分にやったわけだ。私がそう言うと真備はうなずいた。

「そう——そしてこの場合はその仮面が狐だった。でもこれはあくまで憑依現象の一例であって、なにも狐ばかりが憑依体となるわけじゃない。この嫁が狐という仮面を被ったのは、たまたま彼女の暮らす土地に狐憑きの伝承があったからだ。何が憑依体となるかは、被憑依者の置かれた文化的背景に依存する。狐憑きや犬神憑きの伝承があればそれらが憑くし、そういった文化的背景がない場合、多くは死者の霊が憑依体となる。死者の霊の中でもとりわけ憑依体となりやすいのが女性の霊だ。死んだお祖母さんが孫に憑依したりね。憑依体に女性の霊が多いのは、出産という行為に関係していると言われている。女性だけが行うことのできる出産という行為の持つ神秘性から、女性にはもともと超自然的なイメージが付随しているんだ。怪談話に登場する幽霊に女性が多いのも、きっとこれと同じ理由からじゃないかな」

たしかに幽霊譚には女の幽霊が出てくるものが多い。

「――というわけで、これが四つめの霊。説明が長ったらしくて申し訳ないね」

私はしばし天井を向いて、頭を整理していた。

「で、五つめの霊というのは?」

「これら以外。つまり、本物の霊だ。人間の観念の産物なんかではない、本物の霊だよ。そして――」

真備はにやりと口元を歪ませた。

「僕の探しているものだ」

私は山中でのあの体験を、自分の中に呼び起こしていた。

あの体験は――。

真備の説明した霊のうち、どれに含まれるのか。

まず狐云々の憑依現象については、除外してもいいだろう。それ以外の説明に、私は自分の体験を当てはめてみる。

不可解な現象を説明するために、意図的に生み出された霊――。

いや違う。私はこれまで自分の身に起きた不可解な出来事に対して、霊的な説明など持ち出したことはない。

実体に先んじて情報がある霊――。

私の頭の中には情報などなかった。少年の遺体が発見されたときの状況など、私には知る由もなかった。

情報もなければ、実体さえない霊――。

いや、あの声はたしかに実体だった。たしかに私の耳に聞こえた。

霊とは――。

肉体を離れて彷徨し――。

種々の現象を引き起こす――。

オグロアラダ……

オグロアラダ……ロゴ……

「真備、どうなんだろう。きみの考えからして、僕があの河原で体験したのは本物の——」

真備は片手でぱちんと膝を叩いた。

「それを確かめるのが僕の仕事だよ」

それから私に顔を近づけて、嬉しそうにこう言った。

「いまのところ全敗だけど、今回は期待できそうだね」

「お待たせしました」

北見凜が新しいコーヒーを運んできてくれた。私と真備にそれぞれのカップを手渡すと、彼女はふたたび真備の隣に腰を下ろす。

「先生あの、私、思ったんですけど、さっき道尾さんがお話ししてくれたのって、福島県でのことですよね。しかも村の名前が白……白……」

「白峠？」

私の補足に彼女はうなずいた。

「そう白峠村。先生、道尾さんのお話って、もしかして先生が気にしていたあの写真の件と何か関係があるんじゃないですか？」

写真——。

写真って何だ。

「うん、じつは僕もさっきそう思ったんだ」

真備は彼女に顔を向け、片方の眉を上げてみせる。

「どういうことだ？　真備、何か知ってるのか？　写真って――」

勢い込む私に、真備は少し困ったような顔をした。

「いや、これはあるいは偶然かもしれないんだけど――僕の机の引き出しに、一冊のファイルがあるんだ。そのファイルにはある写真と、それに添えられていた手紙と、それから僕のレポートや覚え書きがまとめて綴じてある。これらの資料はすべて、ある不可解な現象にまつわるものだ。いずれ本格的に調べてみるつもりで、なかなか忙しくて動けなかったんだけど――じつはその資料の中に登場しているんだよ、きみの行った場所の名前が」

「白峠村がか？」

真備はうなずく。私の胸の鼓動はいよいよ高まった。

「いったいどういうかたちで出てくるんだ、あの場所が。もしかして僕以外にも、あの場所で例の声を耳にした人が――」

「いや、そうじゃない。もしそうだったとしたら、僕はとっくにファイルをここへ持ち出していたよ。でも残念ながら、そういうことじゃないんだ。あのファイルの内容ときみの話で共通しているのは、地名だけだ。だから、関係があると言いきることはできない。かといって関係がないと言うには……」

　ここで真備は額に手を当ててちょっと思案した。

「まあいい、ファイルをここへ持ってくるよ」

「あ、私が取ってきます」

　北見凜が素早く立ち上がる。彼女はリビングの奥にある二部屋のうちの、右側に入っていった。黒い大きなデスクの向こう側へ回ると、引き出しの一つから一冊のファイルを取って戻ってくる。真備はA４判の青いファイルを受け取ると、ちょっとのあいだ唇を尖らせてしげしげとそれを見ていたが、やがて表紙を私のほうへ向けて差し出した。私は両手でそれを受け取る。表紙には真備の手書きの文字で、

『背の眼』

　そう書いてあった。

　私は真備に向かって質問の視線を投げかける。真備は何も言わず、私にファイルをひらくよう片手で示した。それに従い、私が表紙を捲（めく）ってみると——。

まず現れたのは、一枚のスナップ写真だ。橙色の夕景の中に、二人の浴衣姿の女性が写っている。どちらも二十代だろうか。向かって左側の女性はカメラに向かって笑いかけ、楽しそうな表情でVサインを送っているが、右側の女性は撮影に気づいていないらしく、すぐ背後に流れる川の中を覗き込むようにして、こちらに背を向けている。背景は、夕陽に照らされた山だ。そこには穂が出たばかりのススキの斜面が広がって——。

「おい真備、ここ……」

思わず顔を上げる。真備はコーヒーカップを口元に運びながら無表情に私を見た。

「きみの知ってる場所だろ」

「知ってる、知ってるよ。これは白早川だ。ほらこのススキ——あそこにもこんなススキの斜面があった。それからこの河原の石——やけに白くて四角いだろう。これが珍しかったものだから、よく憶えているんだ。ただ、周囲の景色からすると僕の話した例の場所ではないようだけど、間違いない、これは白早川の河原だよ。どうしてきみがこんな写真を——」

真備はしばらく謎のように黙っていたが、やがてついと腕を伸ばすと、私の手にしたファイルを一枚繰った。写真の次に現れたのは、便箋だった。青いボールペン書きの女文字で、なにやら長々と書き連ねてある。

『突然の手紙で失礼いたします。私は都内の企業で働いております二十九歳のOLです。知人から真備先生が心霊現象の研究をされていると聞き、いま私の抱えております悩みについてご相談をさせていただきたく思い――』

私はテーブルに屈み込むようにして、手紙に眼を通した。一行読み進むごとに私の胸は早鐘のように高鳴り、それに同調するように、漠とした不安が身内を圧迫して、私はいつしか息苦しさを感じていた。

五

「死んだのか……この女性は」

手紙を読み終えた私はもういちど写真を見た。私の視線はある一点、すなわちこの写真が撮影された後に自らの命を絶ったという、浴衣姿の女性の背中に釘づけになり、そこから一ミリさえも動かすことができなくなった。

眼がある。

こちらをじっと見ている二つの眼が、たしかにそこにある。

「この眼は何なんだ？　このS美さんという女性はどうして自殺なんか……」

写真に見入ったまま、真備に問いかけたのだが、次の瞬間真備が口にした言葉に、私は思わず顔を上げた。

「彼女だけじゃないよ」

「彼女だけじゃない？」

私は鸚鵡返しにそう訊いた。

「ほかにもいるっていうのか？」

「そう、ほかにもいる」

真備は片手で私の手元のファイルを示した。

「ここ一年半にも満たないあいだに、四人の人間が僕のもとに同様の写真を送りつけてきているんだ。それらの写真の共通点は、誰かの背中に眼のようなものが写り込んでいること、そしてその眼を背負った人物が、きまって後に自殺をしているらしいこと、それから——」

真備は私の眼を正面から見た。

「写真の撮影された場所がそれぞれ非常に近いことだ」

「まさかぜんぶ、白峠村なのか？」

私の質問に真備は首を横に振った。

「いやそうじゃない——でも場所的には非常に近い。まず、いまきみが見たその写真は白峠村で撮影されたものだよね。同様に白峠村で撮影された写真がもう一枚ある。そしてそのほかに、愛染町で撮影されたものが二枚――愛染町というのは、白峠村の隣にある町だ」

「隣町――」

「あとでファイルをよく見てもらうとわかるけど、四人の差出人はそれぞれ何の関わり合いもない人たちだ。その一枚めの写真を投函したのは東京のＯＬ、もう一枚の白峠村の写真は、村在住の男子高校生がクラスメイトを写したものだ。残る二枚の愛染町で撮られた写真のうち、一枚は出張中の埼玉県の会社員が現地の後輩を写したもので、もう一枚は公園でゲートボールをしている老人をその友人が写したものだよ」

私は急いでファイルのページを繰り、四枚の写真に眼を通した。たしかにそれらの写真にはことごとく二つの眼が、誰かの背中に写り込んでいるのだった。

「いったいどういうことなんだ？　あのあたりで、何が起きているんだ？」

「さあ……」

真備は唇を斜めにして、意外なほど平静な声で言った。

「偶然かもしれないしね」

「偶然？　だって真備、四枚の写真が送られてきて、それがぜんぶ近い場所で撮影されていて、しかも同じような得体の知れない眼が誰かの背中に写り込んでいて、そのうえその眼を背負った人が全員自殺しているんだろう？　これが偶然のはずがないじゃないか。もしかしてこれは――」

私は一瞬とまどった。さっきから頭の中にもやもやと、あるひとつの怪談めいたストーリーが浮かんでいたのである。それをここで口にしてみるべきか否か――。

しかし先に口をひらいたのは真備だった。

「殺された少年が霊となって写真に写り込んだんじゃないかと、きみは言いたいんだろう？　そしてその霊の力が、ＯＬや高校生や会社員や老人を自殺に追いやったんだと」

「そう、まさにそうじゃないかと僕は思う。だってそう説明するのがいちばんぴったりくるじゃないか。いやむしろそう説明するしか――」

「道尾くん。何度も言うけど、思い込みは禁物だよ。もちろん僕はきみの考えを否定するわけじゃない。そういった説明もありうると思う。だけど僕としては、そう短絡的に考えるわけにもいかないんだ。どうしてかというと――」

真備は片手を上げて、先ほど北見凜がファイルを取りに入った彼の仕事部屋を示した。

「僕のところへはありがたいことに、毎日のように霊現象らしきものについての相談が寄せられてくる。その中で圧倒的に多いのは、いわゆる心霊写真に関する相談だ。そしてその『顔のような心霊写真のほとんどが、『顔のようなもの』が写っているという写真で、見ればその『顔のようなもの』の半分くらいは、じつは単に『眼のようなもの』でしかない。要するに、不可解な二つの眼のようなものが写り込んだ写真なんていうのは、僕の手元には溢れるほどあるんだよ」

「そうなのか」

真備は「そうさ」とうなずいた。

「そもそも人間は、他の動物に比べて嗅覚があまり発達していないから、敵や味方、あるいは自分の家族を『顔』によって識別する。そして相手の性格や心理状態を、『眼』によって判断しようとするんだ。つまり人間の脳味噌は、『顔』あるいは『眼』というものに対して、極めて敏感に反応する性質を備えてしまっているんだよ。要するに人間には、『顔のようなもの』が『顔』に見えてしまうようなことや、『眼のようなもの』が『眼』に見えてしまうようなことが、どうしたって多く生じてしまうんだ。——この性質は、人間の脳の中にもともと組み込まれているものだから、個人の力でそれを抑えるのには限界がある。思い込みを防ぐために僕たちができることは、なるべく慎重な態度をとるということだけなんだよ」

真備の言いたいことはわかる。が、しかし。

「真備、このファイルに綴じてある四枚の写真には、撮影場所の近さと被撮影者の自殺という、驚くべき共通点があるじゃないか。これはどう説明できるんだ？」

「たしかにそれらの写真には興味深い共通点がある。しかし逆に言えばその四枚の写真は、僕の手元にある大量の写真の中で、撮影場所の近さと被撮影者の自殺というその共通点に僕がたまたま気づいたから、綴じていただけさ。その程度の共通点なら別の写真同士でも、探してみればあるいは見つかるかもしれない」

「その程度の共通点って——だって撮影場所に関して言えば、あんな田舎の辺境地だろう、偶然にしてはあまりにできすぎてるじゃないか。被撮影者の自殺にしてみても、そうしょっちゅう自殺する人間がいるわけじゃない」

しかし真備は首を横に振った。

「僕のところへ送られてくる写真は、全国いたるところで撮影されたものだ。撮影場所の近いものなんていくらでもあるさ。被撮影者の自殺についても、じつはそれほど驚くべきことじゃない。『この人が後に自殺をした』とか、『この人がこの撮影のあとで事故死した』とか『体調を崩した』とか、そういった要素がなければ、なかなか人に写真を検証してもらおうなんて思わないだろうからね。事実、きみがいま読んだ手紙にも書いてあったろう、僕にこの写真を送ることによって、友人の死の真相がわかるかもしれないと考えたって。おそらく彼女も、友人が自殺したりしなければ僕に写真を送ってきたりはしなかったよ」

「でも——」

私は言いかけて、口を閉じた。

そして内心で首をひねった。

どうして真備はここまで慎重になるのだろう。自分は霊現象を探求しているなどと豪語しておきながら、この一見消極的な一面は、いったいどういうわけなのか——。

視線を移動させ、北見凜を見る。

彼女は何故だか、哀しそうな顔で真備の横顔を見ていた。

真備は自分のコーヒーを飲み干し、斜めに持ち上げたカップの底をじっと見る。何事かを、しきりに考えているようだった。

またしばらくの沈黙があった。

「先生」

北見凜が真備に呼びかける。

その声に、真備はまるで夢から醒めたようにぴくりと反応し、彼女に視線を移した。二人の視線が沈黙の中でいくつかの言葉を交わしたのを、私は見た気がした。

「わかってる」

真備はようやく私に顔を向けた。

「すまなかった、道尾くん。ちょっとお喋りが過ぎたみたいだ」

「いや——僕のほうこそ知ったようなことを言ってしまって、申し訳ない」

「きみが持ち込んできてくれたこの一件――首を突っ込ませてもらってもいいかな」

「もちろんだよ。そうしてもらえることを願って、僕はここに来たんだから」

「よし――久々の大がかりな仕事だ」

真備は手に持ったカップを、とんと音をさせてテーブルに置いた。

その顔からは、先ほどまで浮かんでいた微かな迷いの色は消えていて、そのかわりに憧れの玩具（おもちゃ）を前にした子供のような、生き生きとした表情が広がっていた。相変わらずなんだかよくわからない男だが、とにかくその様子に、私は大きな安堵を感じた。

「さて――」

真備は急に立ち上がった。

「北見くん、そういうわけで、明日以降のアポイントに延期の連絡を頼むよ。それから道尾くん、あとで今後の予定を連絡するから、連絡先を教えてくれるかい」

私が自宅の番号と携帯電話の番号を言うと、彼はそれをメモもとらずに、

「僕はこれからさっそく少し調べ物をする。道尾くんはそのファイルの内容にざっと眼を通しておくといいんじゃないかな。ここで見ていっても、自宅に持ち帰ってもらってもいい。でも写真はなるべく汚さないでくれよ。いちおうコピーをとってあるけど、オリジナルは大事だからね」

言いながら、早くも自分の仕事部屋へ下がろうとしている。

腕時計を見たら、もう七時を過ぎていた。あまり長居するのも申し訳ないし、北見凜と二人きりになるのもなんだか気詰まりだったこともあり、ファイルは家に持ち帰ると言って私は立ち上がった。ソファーの上に畳んでおいたコートを取り、それに袖を通す。

「ところで――」

真備がくるりと振り返った。

「きみ、どうしてそんなところに絆創膏を貼っているの？」

私は自分の額に手をやった。

「や、これは僕が悪かったんだ。僕が最初から来意をはっきりと告げなかったもんだから……」

ちらりと北見凜を見ると、彼女は紅い顔をして、何か言おうと口をひらきかけていた。が、先に口をひらいたのは真備だった。

「なるほどね」

彼はにやりと笑う。

「――こんどからあれだね、北見くんはもう少しゆっくりとドアをあけたほうがいい。それからいくら相手が一見怪しげな物腰の人物でも、はなから嫌がらせにやってきたと考えてしまうのは失礼だ」

失礼はどっちだと思いながらも、私は彼の洞察力、というよりもむしろ、何のためらいもなく当てずっぽうに近い洞察を口にするその自信のほうに思わず感心した。

そして、私は『真備霊現象探求所』を後にした。

ところで、真備からの連絡は、その夜、私が赤羽の自宅に帰り着いた直後に早くもやってきた。そして真備は電話口で、翌日の朝すぐに白峠村に向かうと告げたのだった。

（平成十三年十月二十五日消印）

はじめまして。僕は福島県H郡に住む高校生です。以前友人にすすめられて、先生の書いた『死者の祈りと生者の霊』を読んで感動し、それ以来先生のファンです。ほかの本もぜんぶ読みました。本の最後に「あなたの霊体験をお聞かせください」とあったので、この手紙を送らせていただきます。

これは僕の友達に関することです。

僕の友達M哉は、霊に呪い殺されました。M哉が死んだのは、つい二週間前のことです。M哉を殺したのは、同封した写真に写った悪霊だと僕は思います。

写真は、いまからひと月くらい前に、教室で文化祭の準備をしているときに僕が撮ったものです。作業をしている六人のクラスメイトのうち、右から二番めの、床に屈み込んでカッターでダンボールを切っているのがM哉です。僕たちが文化祭でやったのはお化け屋敷で、M哉はミイラを入れる棺桶（かんおけ）をつくる係でした。

M哉の背中に、こちらを見ている悪霊の眼が写っています。これはワイシャツの模様や汚れなどではありません。そのときM哉の着ていたワイシャツに、そんなものは絶対にありませんでした。

フィルムを現像して、みんなで写真を見たとき、僕たちはすぐにこの眼に気がつきました。そこにM哉もいて、M哉自身は「何かの影が背中に映っただけだ」と言いましたが、僕たちはそのときすぐにこれは悪霊だと思いました。だから文化祭の当日、僕たちは、絶対に何か悪いことが起きると言っていました。運がよかったのか、文化祭のときには何も起こりませんでしたが、それから数日経った今月の十日に、M哉が突然死んでしまったのです。

M哉は学校の近くの、三階建ての白峠公民館の屋上から落ちました。新聞にも載り、M哉は自殺したのだと書いてありましたが、僕たちは、M哉は悪霊に呪われて、屋上から突き落とされたのだと考えています。M哉には自殺をする理由なんてなかったからです。

真備先生はどう思いますか。僕は、僕たちのクラスが文化祭でお化け屋敷をやったのが悪かったのだと思っています。そんな、お化けや霊を馬鹿にするようなことをしたから、霊が怒ってM哉に取り憑いてしまったのだと思います。

写真に写った悪霊が、どのような種類のものなのかを教えてください。いまのところ僕たちはそれぞれ家にあった数珠（じゅず）を制服のポケットに入れて登校しているので、何も悪いことは起きていませんが、それでも心配です。この悪霊から身を守る方法があれば教えてください。

（平成十四年八月四日消印）

拝啓　真備庄介様

処暑のみぎり、ますますご健勝のこととお慶(よろこ)び申し上げます。

私は都内の商社に勤めている者です。今回、当方の撮影した写真をご検証いただきたく、そちらを同封した手紙を送付させていただきます。お忙しいこととは存じますが、どうかお目通しのほどよろしくお願い申し上げます。

この写真を撮影したのは、私が半年ほど前、福島県H郡愛染町にある当社の福島支社へ出張に行ったおりのことで、写っているのは私の後輩にあたる現地の三十二歳の営業部員です。

私は社内の総務部門におりまして、このときは当社で作成する新しい会社案内のための資料を集める目的で、各支社を回っておりました。同封した写真も、本来なら「社内風景」の一枚として、新しい会社案内に載せるつもりで撮影したものです。しかし東京本社に帰り、現像を頼んだ事務員が写真屋から持ち帰ったこの写真を見てすぐに、これは使えないということになりました。理由は、真備様もすでにお気づきでしょうが、写真の一部に、気味の悪い顔が写り込んでしまっていることです。椅子に座って受話器を取っている彼の、グレーのスーツの背中、そこに、人間の顔があります。ちょうど椅子の背もたれに鼻から下を隠されたように、二つの眼だけが、浮き出るように黒くひらいて、じっとカメラを見ています。

けっきょくこの写真は会社案内には使われず、私の手元に残りました。

じつは今回私がこの写真の検証をお願いしたのには理由があります。写真に写っている私の後輩が、この撮影から一ヶ月ほどして、自殺によりこの世を去ってしまったのです。彼は自宅のマンションで首を吊りました。遺書はなく、独身で親しい友人もあまりいなかったので、けっきょく自殺の理由は誰にもわかりません。

私としましては、どうしても彼の自殺とこの写真に写った顔とが、何か関係を持っているのではないかと思わざるをえません。じつのところ私は、この写真に写ったのは自殺者の霊で、それが彼に取り憑いて、彼を自分と同じように自殺させたのだと考えております。そしてこの顔いかがでしょうか。この写真に写っている顔は、いったい何なのでしょう。

と、後輩の自殺とは、どのような関係があるのでしょうか。

乱筆乱文で失礼いたします。ご検証のほど、何卒よろしくお願い申し上げます。

敬具

（平成十四年十一月二十日消印）

はじめてお手紙差し上げます。私は福島県に住む四十代の主婦です。真備先生の出演されている番組はすべて録画して、もう何度も見ております。テープが擦れて、画面がちらつくほど。もちろん既刊のご本もすべて拝読させていただいております。ご本やテレビで先生がよく述べていらっしゃる、現代の若者と宗教に関するご意見は、ちょうど私に二十代の息子がいることもあり、大変参考にさせていただいております。

さて、このたびお送りさせていただいた写真は、去年の秋、私の父が近所の公園でゲートボールをしているときに、父の友人が撮ったものです。たくさんの老人が写っていますが、真ん中の、緑色のセーターを着て、ちょうどボールを打とうとしているのが私の父です。

じつはここに写っている私の父は、去る今年の四月七日、自らの命を絶ちました。家族全員が留守のおりに、一人で近所の川へ向かい、急流の上にかかる橋から身を投げたのです。つい前日まで元気だった父の突然の死に、私は心底驚き、また悲しみました。どうして自殺などしてしまったものかと、必死に考えました。でも何も思いつきません。まったく心当たりがないのです。

橋の上には父の靴とともに遺書が残されておりました。そこには私たち家族に対する感謝の言葉が鉛筆書きの字で短く書かれているだけで、肝心の自殺の理由については、ひと言も触れられておりませんでした。

　同封させていただいた写真の奇妙な点に私が気づきましたのは、父の葬儀に使う写真を選ぼうと、アルバムを見返していたときのことでした。ゲートボールをしている父のセーターの背中に、二つの眼のようなものが写っているのです。父の友人からこの写真をいただいた際には、あまりよく見なかったこともあり、この奇妙な二つの眼の存在に私は気づきませんでした。写真をくださった父の友人も、そのときこの眼について別段何もおっしゃっておりませんでしたが、きっとご高齢のため気づかなかったのでしょう。しかしいまあらためて見てみますと、どう見ても人間の眼としか思えないものが、父の背中に写り込んでいるのです。じっとこちらを見つめるこの二つの眼は、不気味であるとともに、よく見るとどこか表情が幼く、子供の眼のようにも見えます。

　真備先生、私には、この写真が父の自殺に関わっているような気がしてならないのです。それというのも、父の遺書についてですが、せっかく遺書を残すというのにそれに自殺の理由を書かないでおくなんて、おかしいとは思いませんか。普通、人は自殺する場合、遺書には自殺の原因を書き残そうとするものなのではないでしょうか。

　父の自殺には、遺書に書けないような、何かの理由あるいは秘密があったのではないかと、私は考えております。そしてそれは、この写真に写った眼に関係していることなのではないかと。そしてもう一つ私が考えていることは、ほんとうは父の死は自殺ではなかったのではないかということです。もっと言えば、この写真に写った霊によって、父は取り殺されたのではないかということです。

いかがでしょう、真備先生。私のこの考えはただの空想なのでしょうか。

どうか先生のお考えをお聞かせください。

何卒よろしくお願い申し上げます。

第三章　白

一

上野駅の構内を右往左往してようやく見つけた常磐線(じょうばん)のホームに駆け下りると、停車中の十時発スーパーひたち号が間もなく発車するというアナウンスがスピーカーから流れていた。その電車に私は乗らなければならないのだ。しかしまったく同じデザインの電車がホームの両側に停車していて、どちらだかわからない。おろおろと迷っていたら、窓硝子(ガラス)を内側から叩く音がする。見ると、窓に顔をくっつけるようにして、北見凜が私に向かってぱくぱくとしきりに口を動かしているところだった。慌てて左右を見回し、入り口を探す。凜が指差す方向にそれを見つけて、私はようやく車内に駆け込んだ。

「心配しちゃいましたよ。来ないかと思った」

息を切らしながら私が近づくと、凜は先ほどから浮かせていた腰をどさりとシートに落ち着けて、安堵の表情を見せた。こげ茶色の大きめのトレーナーにジーンズとスポーツシューズ。目立つ格好ではないが、いかにも若々しい。

「いや申し訳ない、ゆうべ遅くまで例のファイルを見ていたもんだから――」

私は真備と凜に交互に謝罪の顔を向ける。

そこは四人掛けのボックス席で、凜は窓際に、真備は凜の斜め向かいの通路側に座っていた。グレーのセーターにチノクロスのパンツ、履き古したブーツという格好の真備は、前傾姿勢で、顎に手を当て、私がそばに立っても顔も上げず、じっと黙って膝の上に置いた新聞に見入っている。さては私の遅刻に腹を立て無視を決め込むつもりだなと思い、「真備」と私が意図的に柔らかい声をかけると、彼はようやくむくりと顔を上げた。そのときの表情からして、いまはじめて私の存在に気がついたのは明らかだった。

「ああ道尾くん、おはよう――立っていないで座りなよ、お茶を買ってある」

真備は新聞をばさりと脇に置き、窓際のフックに掛けたコートのポケットを探ると、そこからお茶の缶を三本取り出した。それと同時に電車が動きはじめる。真備は窓外にちらりと眼をやって、それから驚いたように自分の腕時計を覗き込んだ。

「なんだ道尾くん、きみ時間ぎりぎりじゃないか。相変わらずだなあ」

相変わらずはお互いさまだと思いながらも、私はもういちど彼に頭を下げる。

「ゆうべきみのファイルを遅くまで見ていてね――ああそうだ、これは返しておくよ」

私は凜の隣に腰を下ろすと、バッグの中から例のファイルを取り出し、真備に返却した。

「どうだい、ちょっと面白かっただろう？」

「いや面白いというか何というか――」

参ったよ、と私は渋面をつくった。

昨夜、飽くことなくいつまでも見入っていた四枚の写真は、私には少々刺激が強すぎた。それぞれに添えられた手紙だけ読んで、写真のほうは見るべきではなかったとさえ思ったほどだ。私がそれを言うと、真備はふふんと鼻で笑った。

「写真が何をするわけでもない。それより道尾くん、きみずいぶんと古いコートを着てるんだね。あの人みたいだ、なんだっけほら――」

正面のシートから真備はしばらく私の姿を眺めて首をひねっていたが、やがて「ああそうだ」と言ってピーター・フォーク演じる名刑事の名を挙げた。私はそれに対して軽く眉を上げるだけでやり過ごそうとしたが、ちらりと隣の凜を見たときに彼女が大いにうなずいているのを見てショックを受けた。

「見てくれなんてどうでもいいさ。このまえあそこへ行ったときにびっくりするくらい寒かったものだからね、今回は用心して押入れから厚手のやつを引っ張り出してきた」

私はその引っ張り出してきた厚手のやつをもぞもぞと脱ぎながら、

「それより真備、きみはテレビなんかにも出ているんだな。主婦からの手紙に書いてあったけど」

「深夜番組に顔を出させてもらったことが何度かあるだけだよ。それもほんのちょこっとだ。収録のときはけっこう喋っているはずなんだけど、放送を見てみたらいつも十分の一くらいになってる」

「まあそれでも大したもんだよ。僕もいつかテレビの出演依頼が来るような立派な作家になりたいもんだ」

私が溜息まじりにそう言うと、真備は私の脱いだコートを顎で示して、きみもこのまえ金曜ロードショーに出ていたじゃないかと言った。私は敢えてそれを無視し、静かに缶のお茶をひと口啜る。

さて――。

これからどうなるのか。

真備が小さな声で、あれ木曜洋画劇場だったっけなどとまだ呟いているのを聞き流しながら、窓外に視線を移す。上野駅から水戸駅までノンストップの特急スーパーひたち号は、灰色で寒々しい冬景色の中を、次第に速度を上げながらぐんぐん北上しはじめた。

真備に視線を戻すと、彼は先ほど脇に置いた新聞をふたたび顔の前に持ってきて、いかにも面白そうに眼を通していた。そのとき私は、彼の左手の薬指に太い銀の指輪が嵌められていることにはじめて気がついた。婚約者でもいるのか。奥さんがいるとは聞いていないが。――さりげなく視線を移し、凜の手を見る。彼女の指には指輪は嵌っていない。勝手にほっとしながら、また真備に視線を戻す。

真備が手にした新聞の紙面の一箇所に、私はふと眼をとめた。そこに、一年以上も前に倒産したはずの大手貿易会社の商況が、でかでかと報じられていたからだ。いつのまに再建したのだろうかと訝っていると、

「これは今日の新聞じゃないよ」

真備が私の顔も見ずに言った。

「平成十三年八月十七日――ああ、なんだ古新聞か。しかしなんでまた、一年以上も前の新聞を読んでるんだ？」

私の問いかけに真備は答えず、かわりに新聞を私のほうへ向けて差し出した。私はそれを受け取り、真備がひらいていたページに眼をやる。そこはテレビ欄の裏側だった。まさか四コマ漫画を見ろというわけではないだろうから、私はそのページの全体にざっと視線を這わ

せ、真備が読んでいたと思われる記事を探す。『水面下のDV被害を調査』『組合員がセクハラ』『都内で連続不審火』『お盆は自宅で――4割超』

そして――。

『行方不明の少年　無残な姿で発見』

「おい真備、これ」

私は思わず紙面から眼を上げて真備の顔を見直す。真備は軽くうなずいた。

「きみが白早川の河原で聞いた声の主――糠沢耕一くんの、頭部発見の記事だ」

真備が私に手渡した古い新聞の三面には、白峠村で殺害された少年の無残な遺体の一部が発見されたという当時の記事が載っているのだった。

「糠沢耕一――殺された少年は糠沢耕一という名前なのか」

私は新聞に覆い被さるようにして、ふたたび紙面に眼を凝らす。円枠の中に、少年の顔写真が載っている。さらさらの髪をキノコのようにカットした、愛らしい顔が、無邪気に笑っている。

この子が――。

とくとくと、胸の内でにわかに鼓動が高まった。それに伴って我知らず速まる呼吸に息苦しさをおぼえながら、私は紙面の活字を追う。

『福島県H郡白峠村で8月15日から行方がわからなくなっていた、林業を営む糠沢長次（ちょうじ）さん（73）の孫の耕一くん（8）の遺体の一部が、16日午後、自宅から約2キロほど離れた山間部を流れる白早川の河原で発見された。見つかったのは耕一くんの頭部で、川の中流の石に乗り上げるかたちで水面に露出しているのを、釣りに来ていた茨城県の男性会社員が気づき、警察に通報した。首は刃物のようなもので切断されており、遺体の他の部分はまだ見つかっていない。警察は特別捜査本部を設置し、遺体の他の部分の捜索を開始するとともに、殺人事件として調べを進めている。耕一くんは15日に付近で開催された天狗祭りを見物したあと、虫を捕りに行くと言って一人で山の中へ入り、その後行方がわからなくなっており、同日夜、長次さんによって捜索願が提出されていた』

言葉も出なかった。私はまじまじと眼を見開いて、膝に置いた新聞の上に視線を固まらせていた。

「真備、こんな新聞をいったいどこで？」

「僕の事務所だよ。仕事で古い記事が必要になることもあるから、読んだ新聞を捨てずにとってあるんだ。ときおりこうして役に立つ」

「なるほど——すると、もしかしてこれ以外にも？」

「あるよ。ゆうべひと晩かけて、今回の件に関連した記事の載っている新聞を掻き集めてきた。けっこうかさばって、持ってくるのに苦労したよ」

真備は人差し指を立て、頭の上を示した。見ると、網棚に大きな鞄（かばん）が載せられていて、少しひらいたファスナーの隙間から新聞の束が覗いている。

「僕と北見くんはゆうべのうちにもう眼を通してある。きみも読んでみるといいよ」

真備が立ち上がり、鞄を抱えてどさりとシートに下ろした。

「糠沢耕一くんに関する記事が載っているものは、いまきみが読んだやつのほかに三部ある。——もっとも警察の捜査にさっぱり進展がなかったものだから、記事の内容はほとんど変わりばえしないけどね。そのほかに、耕一くん事件の以後、白峠村で行方不明になった三人の少年たちの記事が載っているものが、それぞれ二部ずつだ。水戸駅まではあと三、四十分はかかるだろうから、ゆっくり読むといいよ」

新聞の束を受け取るとき、シートに下ろされた真備の鞄の中身がちらりと見えた。透明のビニール袋に包まれた数枚の封筒らしきものに気づき、それは何かと真備に訊ねてみたら、真備は「なんでもないよ」と言って鞄の口を閉じた。どうやらそちらは、今回の件には関係のないものらしい。

まず私がひらいてみたのは、糠沢耕一少年関連の記事が載っている三部の新聞だった。日付は八月の十九日と、二十日、二十二日。糠沢耕一少年の頭部が発見されてからそれぞれ三日後、四日後、六日後だ。記事の内容を読んでみると、先ほど真備が言ったとおりこれといって新しい情報というものはなく、わずかに知りえた事実としては、滝の下に流れ着いた首の損傷具合から、少年は行方不明になった直後に殺害された可能性が高く、また首はかなり上流のほうから流されたらしいということだけだった。それ以外にはただ、県警の捜査に進展がないこと、頭部以外の部分がどこを捜索しても発見されないことが繰り返し書かれているだけだ。容疑者なし、目撃情報なし。したがって解決の目途(めど)はまったくなし。記事のサイズもだんだんと小さくなっていき、ほかの記事――政治家の賄賂(わいろ)や大学教授のセクハラ事件といった記事に追いやられるようにして、次第にそれらに紙面を譲っていた。

次に私は、糠沢耕一少年の事件のあとに白峠村で行方不明になった、三人の少年の記事に眼を通した。そこに書かれていたのは、私にとっては新しい情報ばかりだった。概略を記すと、次のようなものだ。

平成十三年十二月三十一日朝、白峠村に住む山岸勇人くん（九歳）が、母親の言いつけで正月の鏡餅のお飾りに使うウラジロを探しに山へ出かけ、行方不明になっている。翌年の平成十四年八月一日昼、同じく白峠村の森木一雄くん（七歳）が、隣の愛染町に住む祖父母のもとまで届け物をするため家を出て、それきり行方がわからなくなっている。さらに同年の十月二十日、茨城県日立市の田倉翔くん（八歳）が、入隊しているボウイスカウトのイベントで白峠村の白早川上流まで釣りに行き、夕方の集合時間になって彼がいなくなっていることに指導担当の青年が気づいた。そしてその後やはり見つかっていない。ボウイスカウトの一団が釣りをしていたすぐ近くの木の根元で、尿の痕跡が見つかり、誰もその跡に憶えがないことから、それは田倉翔くんのものと考えられている。田倉翔くんは用を足しに一人で木立に入り込んだ際、何者かに連れ去られた可能性が高い、と記事には書かれていた。三人めの田倉翔くんの記事はひときわ大きく掲載されており、それというのも、ここへきてマスコミが三人の行方不明についてそれぞれ何か関係があるのではないかと疑いはじめたからだった。また彼ら以前に行方不明になり、無残な遺体となって見つかった糠沢耕一くんの事件にもマスコミは言及していたが、これについては記事の最後にちらりと参考程度に書かれているだけだった。当然だろう、三人の少年たちに関しては、まだ死んでいると決まったわけではないのだ。遺体で見つかった少年の事件にあまり言及してしまっては、いまだ捜索に望みを託している三人の少年の家族や関係者の心情を踏みにじることとなってしまう。

各記事の脇に、三人の少年たちの写真が掲載されていた。どれも愛らしい笑顔だ。カメラに向かって元気よくピースサインを送っている子もいて、その様子がとても痛々しかった。それぞれの写真の脇に、行方不明になった際の服装なども細かく説明されていたが、時日の経ったいまとなってはこれは参考にはなるまい。

いったい白峠村で何が起きているのか。

三人の少年は、いまもどこかで生きているのだろうか。それともやはり――。

「真備、例のファイルをもういちど見せてくれないか」

「記事に載っている少年たちの顔と、写真に写り込んだ眼とを見比べてみるつもりかい？」

「そう、そうなんだ。もしかしたら――もしかするかもしれないと思って」

「それがね、道尾くん」

い、い、い、い、もしかしたんだよと真備は言った。

「じつはゆうべ、僕もきみと同じことを考えたんだ。で、新聞に載っている少年たちの写真と、例の被写体の背中に写り込んだ眼とを比較してみた」

「そしたら――どうだった？」

「きみ自身で確かめてみるといい。北見くん、あれ持ってきた？」

はい、と凜は優等生のように返事をし、膝の上に置いた彼女の白いバッグから、クリアホルダーにはさみ込んだ数枚のＡ４判の紙を取り出して私に手渡した。私はそれをひと目見て、ぎょっとした。紙は全部で八枚あったのだが、それらは、それぞれ紙面の真ん中あたりに小ぶりのレモンほどの大きさまで拡大された二つの眼が、でかでかと印刷されたものだったのだ。真っ白な紙にモノクロで描かれた眼は、なんともいえず気味が悪かった。数が集まると、いっそう不気味だ。

「真備、これは――何だ？」

「見てのとおり、眼だよ。そのうちの四枚は、あらかじめスキャナーでパソコンに取り込んでおいた、例の送られてきた写真を拡大して、被写体の背中に写った眼の部分だけをトリミングしたものだ。あとの四枚は、新聞に載っていた四人の少年たちの写真に同様の処理をしたものだよ。北見くんはこういうのが得意でね、頼んだらあっという間にやってくれた」

「いちおう事務員ですから」

こんな気味の悪い作業をよくもやるものだ。

あまり正視したくない資料ではあったが、私は一枚一枚紙を捲りながら、合計八組の眼を順繰りに観察してみた。拡大してあるためドットが大きく、特に新聞の写真から取った少年たちのものはかなり不鮮明ではあったが、それぞれの眼の様子がよくわかる資料だった。紙の左上に、『糠沢耕一』『山岸勇人』『森木一雄』『田倉翔』『ＯＬ—白早川』『高校生—教室』『会社員—オフィス』『老人—公園』という文字が印刷されている。たしかにそうやって明記しておかないと、どれが誰の眼だかわからない。この中の一枚に自分の知り合いの眼が混じっていたとしても気づかないだろう。

「ん——」

よく見ると、各々の眼の上に、薄い鉛筆でなにやら数字が書き込んである。

「何か書いてあるね」

「眼瞼(がんけん)の横幅に対する虹彩(こうさい)の直径の比だよ。つまり眼の横幅を１００とした場合、黒眼の直径がどれほどの割合を占めているかをメモしてあるんだ。これによって三つ、面白いことがわかったよ」

「というと？」

「まず、送られてきた写真の眼を見てくれるかい——そう、その四枚。それらの写真がいわゆる心霊写真なのかどうかはここでは無視するとして、どうだい、きみはそれらの眼は互いに似ていると思うかい？」

「さあ、どうだろう——」

似ている、といえなくもない。カメラのアングルや眼のひらき具合がそれぞれ違っているので、はっきりとしたことはいえないが、たしかにそれぞれの紙面に印刷された四組の眼は、形が似ているような気がする。しかし——。

「いまいちよくわからないな」

私が正直なところを答えると、真備はうなずいた。

「そう、よくわからない。そこで眼の上に書き込んである数値を見て欲しいんだ。眼瞼の横幅に対する黒眼の直径の割合が——それぞれ53、55、52、53となっているだろう。これは非常に近い数値だとは思わないかい？」

「ほんとだ——たしかに近い。え、じゃあこの四枚の写真に写り込んだ眼は、同じものなのか？」

私は思わず上体を乗り出す。真備は「そんなことはわからないさ」と、勢い込む私を諫めた。

「でも、似ているのは確かだ」

「なるほどそうか、同じと決まったわけじゃない。——で、二つめは？　さっきたしか、三つのことがわかったと言っていたけど」

「二つめは、いま見てもらった数値のレベルだよ。黒眼の割合がどれも50を超えているだろう。じつはこれは非常に大きい数値なんだ。もちろん個人差はあるけど、成人の場合、普通は30から、せいぜい40がいいところだ。ちなみにゆうべ確かめてみたら、僕の場合は33で、北見くんは38という数値だった」

「え、じゃあこの眼は黒眼が異常にでかいわけか」

「そうじゃないよ。黒眼が大きいんじゃなくて、眼瞼の横幅が小さいんだ。だから黒眼の割合が大きくなる。そして黒眼の割合が大きいという特徴を持つのは――子供の眼だ」

背筋をぞくりと嫌な感覚が走った。

「成人の黒眼の直径は、だいたい十一ミリほどが平均だと言われている。でもじつはこの数値は、子供でもさほど変わらない。脳と同様、眼球の主要な機能は子供の頃に完成しているから、子供の眼球の大きさ自体あまり大人との違いはないんだ。でも眼窩(がんか)や眼瞼はまだ未発達だから、外から見たとき相対的に黒眼が大きくなる。つまり――送られてきた四枚の写真に写り込んだ眼のようなものが、実際に何なのかはまだ不明だけど、それらが人間の眼であるとした場合、大人のものではなく子供のものである可能性が高いというわけだよ」

私は真備の言葉を頭の中で反芻しながら、ゆっくりとうなずいた。

「そして三つめ。新聞の写真を処理したほうの四枚を見て欲しい――そう、そっちだ。それは行方不明になっている三人の少年の眼と、殺害された糠沢耕一くんの眼だよね。そこにそれぞれ書き込まれている数値は、どうなっている？」

私はそれぞれの眼に書き添えてある数値を読んでみた。47、61、49、54。最後に読んだ数値を、もういちど見直す――54。

54だ。送られてきた写真に写り込んでいた眼の数値に、とても近い。

「これは――」

私は紙の左上に書かれた名前に急いで視線を移す。これはいったい誰の――。

『糠沢耕一』

そこにはそう書いてあった。

「おい、真備」

私はがばりと真備を振り仰いだ。

「――近いだろう？」

私の顔を覗き込むようにして、真備は言った。

「うん近い。送られてきた四枚の写真に写り込んでいる眼は、殺された糠沢耕一くんの眼に近い。ということはその――どういうことになるんだ？」

真備はじっと私の顔を見守ったまま何も答えない。私はいま真備が説明してくれた、八組の眼に関する三点のポイントを胸の内で整理してみた。結論は、どうしても一つしか浮かんでこない。私はおずおずと口をひらいた。

「真備、もしかして……きみのもとに送られてきた四枚の写真に写り込んでいたあの眼は……白早川で頭部が見つかった糠沢耕一くんのものなのか？」

私はてっきり真備が鼻で笑って、「そこまではわからないさ」などと言うものとばかり思っていた。いやむしろ自分のたったいま口にした意見のあまりの気味悪さに、真備がそういった態度をとるのをどこかで期待していたのかもしれない。しかし私の予想と期待は裏切られた。真備は私の顔からすいと視線をそらして窓外の景色に眼をやると、

「――どうだろうね」

どこか厳しい表情で、そう言った。

二

「しかし、まったく大した田舎だなあ」

I駅で電車を降りるなり、真備が感心したような声を洩らした。

「あそこにトンビがぐるぐる旋回しているけど、いったい何を狙（ねら）ってるんだろうね――やあ、まだ雪が残ってる。見ろよ道尾くん、雪がある」

「ああ、このまえ見たよ。東京ではもう雪なんてすっかり消えたのにね」

「まったくだ。きみが用心してコロンボコートを着てきたわけがわかるよ」

「きみもしつこいな。だいたい、いま思ったんだが、あの人はこんなコートは着ていなかったんじゃないか？　彼が着ているのはもっと薄手の――」

正面から寒風が吹きつけ、私たちは揃って肩をすくめた。

「道尾くん、ここからはバスに乗るんだったね」

一つきりの改札を抜けながら、真備があたりを見回す。

「バス停は？」

「あそこだよ。『爽やかテイスティ』って書かれた赤いベンチがあるだろう。路線は一つしかないから、来たやつに乗ればいいんだ――行こう」

先に立ってバス停に向かおうとしたが、凜が私を呼び止めた。

「時間を確認したほうがいいんじゃないですか？　都会と違って、あんまり本数もなさそうだし」

「そうだね、わざわざ寒いところで待つことはない。バスが来るまで、駅の待合所で待たせてもらおう。ストーブがあって暖かそうだ」

真備が同意する。

「いや、バス停で待っていたほうがいいよ」

私は言い張った。何故かというと——じつは先ほど改札を抜けたときに気づいたのだが——前回ここへ来たときに私が言葉を交わしたあの初老の駅員が、今日も窓口に詰めているのが見えたからだ。乗降客の少ない駅のことだから、彼もきっと私の顔を憶えていることだろう。私に気づけばさっそくなんだかんだと話しかけてくるに違いない。しかしあのときでたらめなバスの到着時刻を教えられて寒い思いをさせられたのを、私は少々根に持っていたものだから、今回は無視を決め込んでやるつもりだったのだ。

「でも道尾くん、せっかく待合所があるんだぜ」

「いやいいんだ。バス停で待っていたほうが気分が出る」

「何の気分だよ」

「何でもいいさ、とにかく——」

「ありゃ！」

そのとき、背後から甲高い素っ頓狂な声が聞こえてきた。

「ありゃりゃりゃ、あんた——おい、あんた！」

見ると、駅舎の窓口から例の駅員が首を突き出して、こちらに向かって大声を上げている。

「なんだ道尾くん、知り合いかい？」

真備が怪訝な顔で、私と駅員とをじろじろと見比べる。

「いや、知り合いってわけじゃないよ。ただ――」

「あんた、おい、あんた！」

駅員はさらに大声で呼びかける。

「なぁんだ、また来たのけえ。このまえはごくろうさん。ほれ、そんなとこに立ってねえで、こっちのあったかいとこさ来たらいいべよお」

「やっぱり知り合いじゃないか」

私は観念して回れ右をすると、駅舎のほうへしぶしぶ取って返した。

駅舎の一角に設えてある待合所に入ると、部屋の真ん中にいまどき珍しい達磨ストーブが焚かれていて、たしかにぽかぽかと暖かかった。畳四枚分ほどの四角い部屋に、コの字形に設えてある木製の長椅子に、私たちは並んで腰を下ろした。入り口の脇に、古びたショーケースが置かれている。煤で黒ずんだ硝子の中を覗いてみたが、そこには何も入っていなかった。

「あったかいですね」

冷えきった両手を膝のあいだにはさみ込みながら、凜が嬉しそうな声を上げる。

「あのストーブでスルメを焼いたら美味いだろうね」

これは真備だ。長い足をゆったりと組んで、早くもすっかりくつろいでいる様子だった。彼はこきこきと首を鳴らし、ついでに私の顔を見て、「持ってないよねスルメ」などと小声で訊いてくる。私は「当然だろ」と答えた。が、じつは持っていた。長旅の電車内で食べようと、自宅にあった食べ残しのスルメを今朝ラップで包み、バッグに入れてきていたのだった。しかし電車の中でいきなりスルメなどを食べはじめては凜が嫌がるのではないかと思い直し、これまで出さずにおいたのだ。もうここまできたら、私はスルメの所持はあくまで隠しとおすつもりだった。

「あそこに地図が貼ってあるけど――道尾くん、僕たちの目的地はどのあたりになるんだろう？」

壁に貼られた観光客向けの黄ばんだ地図を眺めながら、真備が言う。私は地図の中からまず現在地を探して、そこから記憶の中のバス路線を視線で辿った。

「駅があって、川があって、山道がこう――ああ、ほら、あそこだよ。白峠って書いてある」

私が指差す場所に真備は眼を細め、「へえ、ほんとに山奥だ」と言った。

「そうさ、なにせこんな坂道をバスで登っていくんだからね」

言いながら私は勾配の様子を少々誇張気味に手つきで示してみせたが、真備は私のほうを振り向きもせずに、なにやら神妙な顔つきで地図に見入っている。

「——不思議だなあ」

「え、何が？」

「だってほら、きみの話だと、ここは天狗の伝説で有名な場所なんだろう？　でも地図の中に、天狗と名のつく地名がどこにもない」

「そういえばそうだね」

考えてみれば、ちょっと不思議ではある。しかし真備のように首をひねるほどには不思議にも思えなかったので、私はただ肩をすくめた。

「それより真備、今日の宿はどこか予約してあるんだろ？」

「そんなものしてないよ」

真備は涼しい顔で答える。

「え、してないのか？　どうして？」

「だって必要ないじゃないか。このままきみの泊まったっていう民宿——ナントカ荘」

「あきよし荘」

「あきよし荘。そこはいつも客が少ないんだろう？　今日だってきっと部屋は空いてるよ」

「そうかな」

「そうさ——ああ、きみの友達が来たぜ」

顔を上げると、入り口から例の駅員がにこにこと満面の笑みを浮かべながら入ってくるところだった。

「いやいやいや、あんたよっぽどここが気に入ったんだねえ。リピーターってやつけ？　地元の人間にしてみれば、そういうのはなんだかやっぱし嬉しいねえ」

「どうも」

「なかなか静かでいい町ですね」

真備がなれなれしく話しかける。すると駅員は眼を丸くして真備の顔を見直した。

「あんた男けえ！　いやずいぶんと背の高え女だなあと思ってたんだ。そうけそうけ、男けえ」

初対面の人間が真備を女性と見間違えるのは学生時代からの馴染みの光景だが、ここまで思いきって驚かれるのも珍しい。しかし真備は気にする様子もなく、にこりと駅員に笑い返した。

「駅員さん、仕事はいいんですか？」

「仕事ぉ？」

駅員は一瞬、寝ているところを起こされでもしたように眼をぱちくりさせたあと、「ああ仕事って駅員のけえ」などと言いながらうなずく。

「いいもなにも、やることねえもの。次の電車はあと一時間近くしねえと来ねえし」

そう言って彼はほほんと笑った。

「ねえ駅員さん、あそこにあるショーケース、どうして空っぽなんです？」

先ほど私が覗き込んだショーケースを顎で示して、真備が訊く。

「ああ、あれけえ」

駅員はわざわざショーケースまで歩いていくと、両手を膝に当てて屈み腰になった。

「これは天狗饅頭やら天狗飴を売ってたときに使ってたやつだ。昔っからここいらは天狗伝説で有名でなあ、土産物なんかも天狗天狗で稼いでたもんだがなあ。ほれ、例の一件があってから、町議会で、天狗ナントカってのはもうやめようってことになってな」

「例の一件——子供たちのあれですか？」

真備が訊くと、駅員は「そうそうそう」と唇をすぼませながら戻ってきて、呻くような掛け声とともに真備の隣に腰を下ろす。どうやらこの駅員、真備を気に入ったようだ。

「それよそれそれ、天狗の神隠し。なんだあんた、けっこう常識あんねえ。こっちの人なんか、このまえ来たときわざわざ俺がいちから説明してやったんだ。あれだけ騒がれた事件を知らねえってんだもん、参ったよう。新聞記者のくせにニュースを見ねえって、二人してもうげらげら笑ったっけなあ」

私が新聞記者などではないことはあのときたしかに伝えたはずだし、二人してげらげら笑い合った記憶などなかったが、わざわざ訂正するのも大人げないと思い黙っていた。

「このあたりの人間の中にはなあ、殺された男の子も行方不明の男の子たちも、みいんな天狗にやられたんだって本気で信じてる奴らがいるんだ——まあ俺なんかも例外とはいえねえけどな」

「駅員さんもそんなふうに考えているんですか？」

「ああ、たまにだけどな、そんなこともあるんじゃねえかって考えるときがあるよ。だってそうでしょうよ、警察があれだけ調べても、何の手掛かりも見つかんねえんだもん。殺された男の子なんてよう、あんなに酷（むご）いやられ方をしてたってのに、山のどこからも、血の跡ひとつ出てこなかったんだ。それに、新聞を読んでみりゃ、首はずいぶんと上流のほうから流されてきたらしいじゃねえか。——こりゃあもしかしたら天狗が男の子の首ィ引っこ抜いて飛んでいったんじゃねえかって、そんなふうにも考えちまうべよ。だいたい身体のほうがどこ捜しても見つかんねえんだ。天狗が巣に持ち帰ったんじゃねえかって……なあ」

「たしかに警察の捜査では、血の跡は見つからなかったらしいですね。でもそれは、少年の殺害された日——天狗祭りの日の夜、あのあたりに雨が降ったからでしょう。血の跡なんて、雨で簡単に洗い流されてしまいます」

いつのまにか真備は、そんな細かい情報まで調べていたらしい。

「それに、少年の首が上流のほうから流されてきたのだとしても、べつに犯人が首を持って空を飛ぶ必要はありません。こう言ってはなんですが、子供の首なんて、わりと軽いものですからね。山道とはいえ、十分歩いて運べますよ。あるいは犯人は少年を川の上流まで連れていった上で殺害したのかもしれない。——少年の身体が発見されていないのは、地中に埋められている可能性が高いのではないかと、僕は考えています。二十センチも埋まっていれば、警察犬にだって感知できませんからね」

駅員は「まあそうかもしんねえがな」と腕を組んだ。

「でもほんと、俺なんかはまだマシなほうだ。天狗の仕業なんてのを本気にしちまう奴らが、このあたりには、あんたがた都会の人間には想像もつかねえほどいるんだから、ほんと。で、この駅の土産物もすっかり取っ払われちまったわけよ」

駅員はさも残念そうに唇をへの字に曲げてから、「まあ年にいちどの天狗祭りだけはやってるけどな」と付け加えた。

「盛大なんですか、その天狗祭りというのは？」

「そりゃあ大したもんだよう」

駅員は小さな眼を精一杯ひん剝いて、

「ここいらのな、麓のほうから、天狗の張りぼてをくっつけた山車がたっくさん登っていくんだよ、山に向かってな。屋台も出るし踊りもあるし、ものすごく賑やかでよう、見ているだけでこう、ウキウキしてくる。もっとも最近は若い連中が参加してくんねえから、あんましウキウキしねえがな」

どっちなんだ。

「祭りンときはな、みんな天狗の面を被って歩くんだ。まあみんなっていっても、ほんとにみんなじゃねえがな。それでも子供たちなんかは、ほとんど喜んで被ってる」

「ははあ、天狗の面ですか」

「よくお祭りで売ってるようなやつですか？　あのプラスチックの――」

凜が口をはさんだ。すると駅員は眼をすがめ、にやりと凜を見て「あまいよお姉ちゃん」と言った。

「あまいあまい、あんまぁい。プラスチックのやつなんて、いちばん安い面だ。まあそういうのも売ってることは売ってるが、ここいらでそんなん被ってたら馬鹿にされっぞ」

「あ、そうなんですか」

「そうよ。いいけ、いちばん高くて格好のいいやつは、木彫りの面だ。特にヒノキとかクスノキを彫ったやつは、被るとこう、いい匂いがするから人気がある。木彫りの次に高えのが、石塑(せきそ)でつくったやつだ。石塑ってのは、まあ石の粘土みてえなもんだな。壊れにくいし、細かい細工もできるが、いかんせん重たいのが難だ。その次に高えのが、木枠と粘土に和紙を張り重ねてつくった張り子の面だ。軽くて、なかなか凝った装飾もできるんだが、汗をかくとたまに内側の紙が剝がれて顔にべたべたくっつく。そしてな――いちばん安いのがお姉ちゃん、あんたのいま言ったプラスチックのぺらぺらのやつさ、ぺらぺらのな」

駅員はそのぺらぺら具合を掌でぺらぺらと表してから、得意げにふふんと鼻を鳴らす。

「へえ、たくさんあるんですねえ」

このとぼけた駅員から思わぬ蘊蓄(うんちく)が出てきたのが意外らしく、凜はどこか複雑な抽象画を見るような眼で駅員の顔を見直していた。

「まあなにしろ、木彫りのやつが最高だな、最高。最近じゃあ面を打つ職人も減ってきたけんど、それでも山のほうにはまだけっこういる。職人が減ったぶん、一人あたりに対する注文数が増えて、わりと儲(もう)かってるみてえだ。ちなみに自慢じゃねえが、俺のうちにもヒノキのいいやつが一つあってなあ、俺が中学一年生のときに、親に頼み込んで買ってもらったんだ。ありゃたしか、白峠の糠沢さんに彫ってもらったんだっけかなあ」

思わず私たちは顔を見合わせた。いきなり知った名が出てきたからだ。

「糠沢さんというのは――あの糠沢さんですか？」

真備が駅員の顔を覗き込むようにして言うと、駅員はふと口を閉じた。

「あの──って？」

「糠沢耕一くんのお祖父さんの、糠沢長次さん？」

駅員はなおも真備をじろじろと見ていたが、やがて諦めたように表情を緩める。

「なんだあんた、ほんとに詳しいねえ」

そう言って片手の小指を立て、参ったというような表情で耳の穴をほじくった。

「あの人も可哀想だっぺなあ──お孫さんがあんなことになっちまって。しかもよりによって、天狗祭りの日だもんなあ。あれ以来、糠沢の爺さん、天狗の面打ちをすっかりやめちまったよ。昔はここいらでいちばんの腕だなんて言われてたんだけどねえ。残念なことだっぺなあほんと」

「糠沢長次さんは、面打ち職人だったんですか」

真備の言葉に駅員は白黒の眉を上げて、「そうだよう」と感慨深げに答えた。

「本業は林業だけどもね。あの人の面はなかなか凝ったやつが多くてな、髪や髭(ひげ)までちゃあんとくっつけてあるし、トキンが面とは別につくられていて、本物さながらに額に被るようになってる。毎年毎年たくさんの面を打ってたんだけどなあ──その中でいちばん出来のいいやつを、いつも孫の耕一くんにあげてたっけか。耕一くんはそれが何よりの自慢だったらしいよ。なにせ本来は子供が被ることなんてまずねえような、本格的な面だ。友達もうらやましがるわな。あの日も耕一くん、爺さんにもらった面を被って出かけたんだってよう」

「ははあ――じゃあ耕一くんが川で発見されたとき、彼はその面を？」

真備の質問に、「いいや被ってなかった」と駅員は首を振った。

「面は、あとになってもっと川下のほうで捜索隊の連中が見っけたんだ。首と面が別々に流されたんだか、それとも面を被ったまま首が川に放り込まれたんだか知らねえが――まあ面を被ったまま流されたにしても、あれだけ流れの速い川だもの、面も外れちまうさ。糠沢の爺さんの面は昔ながらのつくりで、左右の二本の紐をこうやって、頭の後ろで結ぶようになってんだ。だから今風の、ゴムで留めるやつなんかと比べると、面が外れやすいんだよな――まあ今風のっていっても、あんたらはそれしか知んねえかもしんねえが」

駅員はそう言うと、私たちに向かって寂しげに微笑んだ。彼のしょぼついた両眼を見ながら私は、白い流れをひっそりと下る、幼い主人を失った紅い面を思い描き、なんともやりきれない気分だった。

「じつを言うとなあ――そもそも耕一くんがあんな姿で見つかったのを天狗の仕業だなんて言いだしたのは、糠沢の爺さんだったらしい」

駅員はそんなことを言う。

「なんでも、『俺が下手な面をつくって売ったりしていたから、天狗さまの怒りに触れたんだ』なんて言ってたんだってよ。でもいま思えば――」

駅員は小指の先にくっついた耳垢をのろのろとズボンになすりつける。

「あの人、ほんとにそんなこと考えていたわけじゃねえんだろうなあ。いつまで経っても犯人が捕まんねえもんだから、どうしようもねえ自分の怒りを少しでも鎮めるために、あんなこと言いだしたんじゃねえかな。だってほれ、人間に対する怒りってのは際限がねえけど、相手が神さまとか天狗さまだってんなら、少しは……なあ」

そう言って駅員は小さく一つ溜息をつくと、皺の寄った唇を閉ざした。膿んだような瞼を しょぼしょぼと動かして、達磨ストーブの火を見つめている。それから彼はすっかり黙り込んでしまい、私たちの会話は途切れた。真備も、それ以上駅員に話しかけるのがためらわれたらしく、じっと腕を組んで、駅員同様、目の前の達磨ストーブの火を見ていた。

「あ――来ましたよ、バス」

不意に、凜が声を上げて立ち上がる。

見ると、バスが一台、停留所に向かって近づいてくるところだった。私たちはそれぞれに荷物を抱える。

「さてと、僕たちはそろそろ行きます――駅員さん、いろいろと教えていただいてありがとうございました」

真備が礼を言い、私と凜も頭を下げた。

「ありがとうもなにも――俺なんも大したこと話してねえよう。それにほれ、探偵さんに協力するってのも、悪い気分じゃねえしな」

駅員は真備の顔を見て言った。

「僕が、探偵に見えますか？」

真備は複雑な表情で訊く。

「見えるよそりゃあ、俺なんかひと目でわかったもん――ああでも探偵ってのはやっぱし素性をばらしちゃあまずいんだっぺな。大丈夫、誰かに訊かれても、あんたのことは知らねえって答えとくよ」

そう言って駅員は快活に笑った。

三

「ずいぶん細い道ですね。わ、松の枝がこんなに近くまでせり出してる」

窓際で凜が声を上げる。私たちはいちばん後ろの席に、三人並んで座っていた。道の左右には松が無数に連なり、いまバスはそのせり出した枝葉の下をくぐるような格好でがたごと細い山道を登っていた。

凜の肩越しに窓外の斜面を見上げる。鬱蒼と茂る松の樹冠に日光を遮断された斜面は、次第にその明度を低めながら、はるか遠くまでつづいていた。こうして見ていると、どこかで天狗がじろりとこちらを覗いていてもおかしくないような気さえしてくる。獣のように息をひそめ、金色の両眼を爛々と光らせて——。

「なあ真備、天狗の神隠しなんて、ほんとうにあるのかな」

私が言うと、真備は「あるよ」とこともなげに答えた。

「え、あるのか？」

自分で訊いておきながら、私は思わず相手の顔を見直す。

「うん、ある。ただしそれが、天狗による天狗の神隠しかどうかはわからないけどね」

意味がよく呑み込めず、私は首をひねる。

「神隠しは、僕のところへ送られてくる無数の怪しげな心霊写真に似ている。——神隠しというのは、原因不明の行方不明という不可解な現象に対するひとつの解釈なんだよ」

「解釈……」

「日本の山岳地方では、天狗は山中の怪物としてはダントツの代表格だ。だから昔から、山岳地方で何か不可解な現象が生じた場合、人々はその現象を説明する手段として天狗という怪物を持ち出すことが多かった。そうすることに、もっともリアリティーを感じたんだろうね。例えば夜中に木を伐る音がして、やがて大木の倒れる音が聞こえるが、翌朝行って見てみるとどこにも倒れた木などない——そんな現象は天狗倒しと名づけられて、天狗の仕業とされた。またどこからともなく祭り囃子が聞こえてくれば、それも天狗囃子などと名づけられ、やはり天狗の仕業とされた。そして、原因不明の行方不明者が出れば——」

「天狗の存在を信じていた人々は、それを天狗の仕業としたわけか」

「そういうこと。その行方不明は天狗による誘拐であり、行方不明者は天狗の棲まう異界へと連れ去られたと解釈されたんだ。山の神である天狗が村人を隠した、つまり神隠しなんだってね。じっさい、天狗という存在が一般的に知られるようになるまでは、そういった原因不明の行方不明は鷲や鬼に連れ去られたと解釈されていたらしい。——僕はさっき、天狗による天狗の神隠しかどうかはわからないなんて言い方をしたけど、それはつまり、行方不明という現象自体は事実として生じているけども、それがどう解釈されるかは時代や地域や文化的背景によるという意味さ。まあ、現代ではたいていは人の手による事件か、あるいは事故と解釈されるけどね」

私は前方のフロントガラスに視線を移した。ひたすら単調につづく薄暗い山道を眺めているうちに、先ほど駅員に聞いた糠沢長次の話が思い出された。

——だってほれ、人間に対する怒りってのは際限がねえけど、相手が神さまとか天狗さまだってんなら、少しは……なあ——

人の心というものが、時代や地域や文化的背景を超えて、ある解釈を生み出すこともあるらしい。

「——なあ真備、そもそも天狗ってのは何なんだい？」

真備は指先で窓硝子の曇りをくるくると拭いながら、

「天狗というのは、もともと中国由来の妖怪だ。中国では古くから、流星あるいは彗星が尾を引いて流れる様子を見て、それを天のイヌまたはキツネだと考えた。つまり天の狗で、天狗というわけさ。日本では——僕の知るかぎり、歴史上最初に天狗の名が登場するのは『日本書紀』の中だ。舒明天皇の九年、西暦六三七年に、都の上空に巨大な流星が出現して、人々は不安におののいた。そのとき中国から帰朝していた留学僧の旻という人物がこう言ったんだ、『流星ニ非ズ、是レ天狗ナリ』ってね」

真備は窓硝子に指で『天狗』と書き、アマツキツネと読んだ。

「ここではじめて登場した天狗は、日本古来の山岳信仰に取り込まれるかたちで、次第に山の神として祀られるようになる。現在、日本で一般的に考えられている天狗の姿には、天狗が山岳信仰と融合していった証拠が隠されていて、なかなか面白いよ」

「と、いうと？」

「ほら、一般的に天狗は、赤ら顔で鼻が高く、眼つきが鋭く、鳥のような嘴を持っていたり、あるいは羽をつけていたり、羽団扇を持っていて自由に空を飛べるなんて言われているよね。手足の爪が長く、金剛杖や太刀を持っていて神通力があるとも言われる。この姿というのは、じつは山岳信仰の修行者である山伏の姿が投影されたものなんだ。山中で起臥し修行する山伏の姿に、鷲や鷹や鳶といった山に暮らす恐ろしい猛禽のイメージが重ね合わされて、いまの一般的な天狗の姿ができあがったんだよ」

「なるほどねえ」

たしかに白装束の山伏の姿と猛禽の姿を足し合わせると、いわゆる天狗のイメージにかなり近いものになる。

「役小角を開祖とする修験道や、修験道に仏教が融合した天台宗、真言宗といった山岳仏教――その修行者である山伏たちは、険しい山を行場とした。山肌をよじ登ったり、洞窟に籠もったり、岩から岩へ飛び移ったりといったさまざまな荒行を積んでいた。肉体は鍛え上げられ、精神は研ぎ澄まされ、超人的な力を身につけていた。人々はその存在に強い畏怖の念を抱いていたんだ。だから天狗という正体の曖昧な存在に、彼らは山伏の姿を当てはめたんだろうね。天狗には、大天狗や烏天狗や小天狗といって、いくつかの階級あるいは身分差があると言われているけど、これも山伏たちの修行社会における上下関係が投影されたものなんじゃないかと僕は考えてる。——源義経がまだ牛若丸と呼ばれていた頃、京都の鞍馬山に籠もって天狗を相手に体術の修行を積んだという伝説があるけど、この天狗というのも、じつは山伏だったと言われているよ」

「へえ——」

「このあたりにも天狗の伝説があるということは、きっとその昔、山中に山伏の姿が見られたんだろうね」

真備はそう言いながら、まるでそこに白装束の修行者を探すかのように、生い茂る木々のあいだに眼を細めた。

バスはぎしぎしと車体を軋ませながら、谷を跨ぐ橋を通過する。

「——あれが白早川ですか？」

凛が窓の下を覗き込む。

「そう。山のずっと上のほうからつづいてるんだ」

言いながら私も首を伸ばして見下ろしてみた。白早川は相変わらず、眼下遠くに清冽な水をたたえて勢いよく流れている。

「あんなに奇麗な川なのに——なんだか信じたくないですね」

凜が呟くように言う。

その言葉が、あの白早川で子供の遺体の一部が発見されたということに対してのものなのか、それとも私が耳にした例の不気味な声に対してのものなのか、わからなかった。いずれにしても、それを信じたくないという凜の意見に私は賛成だった。

ほどなくしてバスは息切れでもしたように減速し、ぷすんと音を立てて白峠停留所に停車した。ステップを降りると、歌川が宿泊客の利便性を追求して断りもなく移動させたという停留所の標識が、この前見たとき同様、やはり傾いで立っていた。

「ここからは歩きで山道を登るんですよね」

ふたたび走りだしたバスの後ろ姿を見送りながら凜が言う。吐く息が真っ白だ。

「事前に連絡でもしてあれば、軽トラで迎えに来てもらえたんだろうけど」

私は宿を予約してこなかった真備にちょっとした嫌味を言ったつもりだったのだが、真備はそれに気づきもせず、さも当たり前のような顔で「いまから呼べばいいじゃないか」と言った。

「呼ぶって——電話番号がわからないよ」

「前回来たとき、この停留所からいちど宿へ電話したんだろう？　携帯電話に履歴が残っていないかい」

「あそうか、そうだね」

携帯電話を取り出して発信履歴を見てみると、そこはすべて同じ番号でびっしりと埋まっていた。

「なんだこれ――きみの事務所の番号だ」

先日、真備の事務所を訪れたとき、私は事前に何度も電話をかけていたのだ。

「だめだ、宿の番号は消えちゃってるよ」

そのとき、山の静けさをついて、奇妙な音が聞こえてきた。

コ……コン……

木琴の音色にも似た、高く乾いた音。

「何だろうね」

木々の暗がりを見渡して真備が言う。

「さあ……何かを叩いている音みたいだけど」

私たちはしばし立ち止まり、揃って耳を澄ました。

奇妙な音は、なおもしばらくつづき、だんだんと小さくなっていった。音の発生場所が私たちから遠ざかっているようだ。

やがてその音はすっかり聞こえなくなった。私たちは深く考えることもせず、ふたたび歩きだした。

細道の先がひらけ、山の斜面を背にしたあきよし荘が姿を見せる。玄関の両脇に延びるサザンカの植え込みが、いまは白い可憐な花をぽつぽつと咲かせていた。前庭の広い駐車スペースに歌川の白い軽トラが停められていて、その隣に例の原付バイクが並んでいる。

「ご主人はいるかな？」

「ああ、軽トラとバイクが両方あるから、いるんだろう」

もっとも、ここまで来て主人が不在だというのでは冗談にもならない。

玄関の前で立ち止まり、私は咳払いを一つしてから、ぴたりと閉じられた引き戸を爪の先でつんつん叩いた。

「――ごめんください」

しばらく待ってみたが、返答はない。

「聞こえなかったんじゃないかい？」

「聞こえたさ。広さのある建物だから、出てくるのに時間がかかるんだろう」

「広い建物ならなおさら聞こえないよ」

「――あ、おいちょっと真備」

私が止める間もなく真備はがらりと勢いよく戸をひらいて、そこから首を突っ込むと、「ごめんくださあい」と大声で叫んだ。薄暗く、しんと静まった屋敷に真備の声がうわんと反響する。先日予定を突然変更してあたふたと宿を出たうえに、今日は連絡もなしのいきなりの来訪であり、内心私はこの宿の主人歌川に負い目を感じていたので、真備のそんな遠慮のなさに身の縮む思いだった。

真備の声の反響が消えるとともに、ふと何かいい香りがした。すぐにそれが線香の香りだと気がついた。そういえば歌川が、両親を亡くしていると言っていたのを、私は思い出した。

「先祖の霊と会話でもしている最中だったかな」

真備が私を振り返って小声で言う。

不意に、どたどたという足音とともに、暗い廊下の先から白い割烹着姿が勢いよく近づいてきた。次の瞬間、うらなりの歌川の顔が真備の目前でぴたりと静止して、ぷはあ、と大きく息を吐き出した。

「いや、すみませんごめんなさい、いまちょっと取り込んでたもんで気づかなくて――お客さまですよね、どうもどうもいらっしゃいませ、お泊まりですか？」

彼はひと息でそこまで喋ると、自分の胸倉を摑むようにして忙しく呼吸をした。真備は歌川に笑いかける。

「こちらこそ予約もせずに申し訳ありません。三人なんですが、空いてますか？」

「空いてます空いてますとも、三名さまですね、お部屋はひと部屋で？　それとも――だァ！」

歌川がようやく私に気づき、妙な声を上げた。

「先生じゃないですかァ！　いやいやいや、ご連絡いただければお迎えに上がりましたのに！」

「あ、どうも」

私はぺこりと頭を下げる。

「すみませんねご主人、いきなり押しかけて。ちょっと用があって、またこっちに来たものだから――」

「いやァ、先生なら大歓迎ですよ。さ、さ、さ、どうぞ中へ。お寒かったでしょう？　いまお二階の暖房をつけますから。さァ奥さまもどうぞ中へ」

奥さまと呼ばれた凜は、私の顔を見て悪戯っぽく笑った。私は慌てて笑い返したが頰が引き攣った。きっとずいぶん気味の悪い顔だったろう。

四

「いやしかし、このまえはびっくりしちゃいましたよ。服をあちこち泥だらけにして戻ってきたと思ったら、いきなりお帰りになるなんておっしゃるんだから」

歌川は卓上に置いた三つの湯呑みに順繰りにお茶を注ぎながら、細い眉を八の字に寄せて笑った。

私たちに割り当てられたのは、先日私が泊まった部屋と、その隣の二部屋だった。もちろん凜がひと部屋を使い、私と真備でもうひと部屋を使うのだ。

部屋の奥に見える、阿武隈高地の山並みは相変わらず素晴らしく、凜は部屋に入るなり窓硝子に張りつくようにして感嘆の声を上げつづけていた。

「ささ、どうぞ。お茶が入りました」

歌川がふんわりと白い湯気の立つ湯呑みを卓上に並べる。それから窓際で景色を見ている凜に向かって高い声で呼びかけた。

「奥さまもどうぞこちらへ」

「いやご主人」

私は彼のほうへ上体を突き出すようにして、小声で言った。

「あの人は僕の奥さんじゃないんだよ、ぜんぜん違うんだって」

すると歌川はきょとんとした顔になり、

「あれ、違うんで？　じゃあ、こちらの方の――」

と、こんどは真備のほうに視線を向ける。真備は声を上げて笑った。

「面白いことを言いますね、ご主人は。北見くん、僕たちが夫婦だってさ」

「え――」

座卓に手をついて腰を下ろしかけていた凜は、そこでぴたりと静止して真備の顔を見直した。その頬がほんのりと紅くなっていくのを発見して、先ほど玄関で私の奥さんと間違えられたときの反応とのあまりの違いに衝撃を受けた。

「彼女は僕のところで働いてくれている事務員なんですよ。僕たちは三人とも独身です――ああ申し遅れました」

真備は歌川に向かって軽く頭を下げ、自己紹介をする。

「真備といいます。字は吉備真備(きびのまきび)の真備です」

早口で、なんだか呪文のようだ。

「先生のご友人で？」

「ええ、学生時代からの」

「ははあ、それはそれは——で、こちらさまは？」

「あ、北見凜です」

私たちがそれぞれの湯呑みからお茶を啜りだすのを見計らって、歌川が「よいしょ」と腰を上げた。

「じゃあ私、ちょっと買い出しに行ってきますんで。お風呂はいつでも入れるようになってますから、どうぞご利用ください——あそうそう先生、お夕食なんですが、少し遅めの八時ってことでよろしいでしょうか？」

「予約もなしにやってきた僕たちが悪いんだから、何時になっても構わないよ」

「いやァできるだけ早くご用意いたしますよ。今日はお茶菓子もお出しできませんでしたのでねェ——ではごめんください」

「ああご主人」

真備が歌川を呼び止めた。

「僕たちじつはこれから少し外を歩こうかと思っているんですが、まずいですかね。ご主人がお出かけになってしまうのなら、戸締まりなんかもあるだろうし」

歌川は「いえいえいえ」と奇妙に高い声を出した。

「どうぞどうぞ、行ってらっしゃいませ。戸締まりなんて気にされずとも大丈夫ですよ。このあたりに泥棒なんていませんし、だいいちウチに盗られて困るものなんてありませんからね。ただお客さまの貴重品だけは、念のためお持ちになられたほうがよろしいかと」

私たちはそれぞれうなずいた。

「ではこれで失礼します——ああいけない、忘れるところだった」

歌川はぴしゃりと自分の額を叩いた。

「お訊きしてもよろしいですかねェ、真備さまと、それから北見さまのご出身は——」

「あ、私、東京です」

凜がすぐさま答える。客の出身地の絵を広重の五十三次から選んで飾るというこの宿のサービスについては、私が事前にバスの中で話題にしていたので、彼女はにこにこと嬉しそうだ。

「僕も東京ですが——町田市だから、ほとんど神奈川県に近いですね」

真備が言う。その声が少し申し訳なさそうなのは、町田市が東海道からまるっきり外れているからだろう。歌川も「町田かァ」と首をひねって困り顔だ。私と凜は顔を見合わせて微笑んだ。

「イラクサが多いから、棘に気をつけたほうがいいよ」

宿の裏手の細道を登りながら、私は背後を歩く凜を振り返った。真備が早く例の河原を見てみたいと言うものだから、私たちはお茶を飲むとすぐに部屋を出たのだった。靴の裏で霜柱が音を立てる。前方から吹きつける山おろしは、鼻腔(びこう)の奥が痛くなるほど冷たかった。

「僕はこの前、指をやられて痛い思いをしたからね」

「え、でもどれがその草なんですか？」

「これだよ、ほら、この葉っぱの大きい――いて」

「大丈夫ですか？」

やがて九十九折の上り坂が終わり、細道が山向こうへと下っている場所まで行き着いた。私たちはさらに先へ進む。北側を向いたそちらの斜面には、やはりまだ雪が多く残っていた。

そういえば――。

前回、はじめてここへやってきたとき、白い服を着た美しい女性と行き合ったのを思い出した。雪まじりの斜面を下りながら、私は真備にその話をしてみたが、彼は別段興味も湧(わ)かないらしく「きみの言う美人は昔からあてにならないからなあ」などと苦笑いをしただけだった。

しばらく行くと、左手のほうから微かな水音が聞こえはじめる。

「このあたりを左手に入ると例の河原に出るんだ。でもご主人の話だと、このまま真っ直ぐ進んでも河原には行き着くらしい。――どうする?」

私の言葉に真備は立ち止まり、水音のするほうへと身体を向けた。

「ははあ、ここを下っていくのか。ずいぶんと深い茂みだけど、北見くん大丈夫かい?」

訊いておきながら、真備は凜の返事も待たずに茂みを掻き分けて斜面を下りはじめる。私は凜を振り返り、目顔で同情の意を示した。凜は唇を引き締めて「がんばります」と言った。

「じゃあ僕が茂みを掻き分けるから、北見さんは僕のすぐ後ろを歩くといいよ」

真備につづいて斜面を下りはじめた。凜はほんとうに私のすぐ後ろを、ほとんど私の背中にくっつくようにしてついてきた。両腕を胸の前に寄せているらしく、ときおり私の肩に凜の指が触れてくる。私は厚手のコートを着てきたことを後悔した。

ほどなくしてぽっかりと視界がひらけ、眼前にあの景色が広がった。

やけに四角い石ばかりがずらりと並んだ河原。その向こうを走る放縦な白い流れ。その川上で音を立てている滝。そして、対岸のススキの群れ。

初めてここに辿り着いたとき、この景色をまさに絶景と感じたものだ。しかしいまはその同じ景色が、私の眼にはただただ不吉な、ひたすら不安を煽るものにしか映らなかった。

「真備、あそこに――」

私は景色の一点を指差す。

「ああ、あれが――糠沢長次さんだね」

白髪の老人が川縁にうずくまり、流れる水の面をじっと見つめていた。

あのときと同じだ。死んだように。身動ぎもせずに。

「行ってみよう」

真備は河原の石を器用に踏みながら一人ですたすたと歩きはじめる。

「あ、おいちょっと」

私と凜も、仕方なく彼につづいた。

真備が「こんにちは」と声をかけると、糠沢老人はあのときのように、ぐるりと首を回して真備を見上げた。痩せた首に飛び出した咽喉仏が、ぐり、と動く。異様なほどに白い髪がだらりと額に垂れかかり、その隙間から覗いているのは――やはりあの濁った眸だった。

「いつもここにいるんですか？」

糠沢老人はそれに答えず、ふたたび首を回して川面に顔を戻す。

真備はゆっくりと糠沢老人の隣にしゃがみ込んだ。彼は糠沢老人と同じ姿勢をとり、川面に視線を落とす。

「――何か、見えます？」

真備は静かに訊いたが、相手は答えない。

「見えませんか？」

やはり相手は答えない。

真備はなおしばらくのあいだ糠沢老人の隣にしゃがみ込み、彼とともに川面を見つめていた。それはとても長い時間のように思えたが、実際にはほんの数十秒のことだったろう。

やがて真備が立ち上がり、こんなことを言う。

「たぶん僕も――同じものを探しているんです」

糠沢老人が真備に顔を向けた。驚きと混乱と微かな疑いとが入り混じったような、複雑な表情だった。真備は糠沢老人に笑いかけた。それはこの場にそぐわないほどの、とてもにこやかな笑顔だった。

「――おじゃましました」

軽く頭を下げ、真備が私たちのほうへと戻ってくる。最前から二人の様子をひやひやしながら見ていた私は、ようやく安堵した。――と。

驚いたことに、不意に糠沢老人が振り返り、真備の背中に向かって、低い嗄(しわが)れた声でこう言った。

「――がんばんなよ」

そんな彼らのやりとりは、私にはまったく意味不明だった。

「ちょっと珍しい眺めですね」

河原を歩きながら凜が言う。

「この河原、道尾さんの言ってたとおり、ほんとに四角い石ばかりでできてる。ほらあそこの、ススキの群れの端に並んでる二つの岩なんて、まるで原始時代の家具みたい。真四角なのと、板みたいなのと」

「セツリ――って？」

真備が「節理だよ」と注釈を入れた。

「岩石体が冷却して収縮するとき、あるいはある種の地殻変動を受けたときに、こうして真っ直ぐな割れ目が生じる現象を節理というんだ。特にこういった四角い岩や石がたくさん生じる節理は方状節理とも呼ばれていて、日本みたいな造山帯地域にはわりと多い。とはいえ、ここまで奇麗に積み木細工状になっているのも珍しいね」

私たちは白い流れに沿って歩を進めた。冷たく乾いた風が、顔にまともに吹きつける。

「なあ真備、さっきのあれはいったい何だったんだ？　きみと糠沢さんとのやりとりは」

「さあ——同病相憐(あいあわ)れむってやつかもしれないね」

「同病——どうしてきみとあの人が？」

「僕にも一人、亡くなった身内がいてさ」

真備はコートの襟を寒そうに掻き合わせながら言う。

「そういうのって、特にあの糠沢さんのように心を閉ざしている人にはよくわかるみたいだね」

意外だった。学生時代から真備は、自分の家族の話をすることはあまりなかったが、彼に兄弟のいないことだけは茶話(さわ)的な会話の中で聞き知っていたので、彼が亡くした家族とはおそらく両親のうちのどちらかなのだろう。それが父親なのか母親なのか、いまそれをここで問うのはためらわれた。

「さっき、何か見えるとか見えないとか言っていたけど、あれは？」

「何だろうね——僕にもよくわからない」

真備は薄く笑う。

「霊と呼ばれるものかもしれないし、面影と呼ばれるものかもしれないし」

謎かけのようなその言葉に、私は首をひねった。

ふと、風がやむ。私たちの前方で流れ落ちる滝の音が、にわかに高く耳に響いてきた。

「こんな山奥の水も、いつかは海水の一滴になるんだろうね」

真備が言った。どこか侘しげなその横顔に、私は無言でうなずいた。

――たぶん僕も――同じものを探しているんです――

――がんばんなよ――

真備や糠沢老人が見ようとしているものは、あるいはかつて彼らが流れ去った川の景色なのかもしれない。高みから低みへと背中を押されながらも、傍らにいまは亡き大事な家族を伴って澱みなく流れていた、二度と戻りえない川の景色。忘れ去ることのできない、諦めることのできない、川の景色――。

「あんまりしんみりしていると、きみも白髪ばかりになってしまうよ」

私のとりとめもない妄想を見抜いたかのように、真備が声をかけてきた。その声の遠さに驚いて、私は顔を上げる。見ると真備はもう私の傍らを離れ、滝壺のずっと近くまで進んでいた。その隣で、凜も風に煽られる髪を片手で押さえつけながらこちらを振り返っている。物寂しい冬の夕陽に、二人の姿はぼんやりと黒く浮き立っていた。

「道尾くん、もう戻ろうか――暗くなるといけない」

真備は片手を上げて、私たちが下りてきた斜面を示す。

「この先にも河原に出られる道があるんだろう。帰りにそこもちらっと見ていこう」

私はうなずいて、ゆっくりとその場を離れた。

凜がとんとんと四角い石を飛び伝いながら、軽快な足どりで、私たちが下りてきた斜面へと向かう。その後ろから、コートのポケットに両手を突っ込んだ真備が彼女に何事か声をかけながらぶらぶらぶらとついていく。その様子は、目の前に広げられた一枚の影絵のようだった。私はその影絵に溶け込もうとするように、二人の後ろ姿を追った。

夕暮れ近くになって気温はさらに下がったのだろう、河原の石を踏む足の爪先はすっかりかじかんでいた。川辺を離れ、背後に聞こえていた水音が遠ざかるにつれて、周囲を囲む木々の葉擦れの音が高くなる。どこかで山鳥が、ぎい、と濁った声で鳴いた。それが合図であったかのように、横っ面に勢いのある風が吹きつけて私の耳を聾した。私は思わず立ち止まり、コートの襟に顎を埋める。耳孔の中で轟と唸る風の向こう側で、木々のざわめきが高まりを増すのがわかった。

すごい風だな、真備――。

私はそう口にしたつもりだった。しかし聞こえなかったのだろう、彼は振り向きもしない。
北見さん、ちょっと待って――。

二人は風の音など気にもしていないようだ。私の存在を忘れてしまったかのように遠ざかっていく。木々の葉が鳴る。風の唸りが勢いを増す。そしてその凶暴ささえ感じられる轟音の中で、たしかに――。

あの声が。

哀しい声が、苦しそうな声が――。

……ラサ……

聞こえた。

ゴ……サ……

ゴ……ラサ……

どこか遠くからか。それとも見えない声の主は私の耳のすぐそばに唇を寄せているのだろうか。いま私が首を横に向けたら、そこに在るのだろうか。

ゴ……サ……

あの眼が。

……ビラサ……

切られた首が――。

ゴ…ビラサ……

真備――。

どん、と正面から冷気の塊が吹きつけ、それと同時に目の前の暗橙(あんとう)色の景色が回転しはじめる。ぐるぐると渦を巻く。右も左も上も下もわからず私は身体の感覚を失う。恐ろしい風に巻き込まれて宙へと連れ去られるような、それとも巨大な黒い手に両足を摑まれて暗い地の底へと引き摺り込まれるような――。

真備――。

私はどうしてこんな場所に――。

「真備……!」

ものすごい速度で回転をつづける景色の中心で、私の友人がはじかれたようにこちらを振り返る。次の瞬間、彼は地面を蹴って駆けだす。その背後で凜が短く私の名を呼ぶ。視界が闇に染まっていく。厳しい顔で走り寄る真備の姿が、八方から押し寄せる闇に呑み込まれそうになる。私は最後にもういちどだけ友人の名を叫んだ。しかしそれがほんとうに声になったかどうかは、わからなかった。意識が急速に遠のき、真備の姿が真っ黒に染まりながら視界の下方へと流れ去る。記憶が途切れる直前、私が感じたのは――。

背後から摑みかかる、二本の腕の感触だった。

五

…

……

………

…………。

あ、どちらへ？

——帰る。

そうですか。いやしかしどうも、ほんとにご苦労さまでした。先生はウチの大事なお客さまですんで、万一のことがあったら——。

もう心配ねえだろ。怪我してるわけでもねえし。

やあよかった、それはなによりです。しかしあの——いったい何があったんです？

知んねえよ。いきなりブッ倒れたんだ。

そうらしいですね。それを糠沢さんが後ろから抱きとめてくれたんだとか。あの河原はほら、四角い石がごろごろしてますでしょう、もしまともに倒れていたらどうなっていたことか——糠沢さんは先生の命の恩人です。ほんとにありがとうございました。下まで車でお送りしますよ。車っていっても軽トラですが。

いいよ、あんたも仕事があんだろ。

ええまあ、でも……。

——それより。

あ、何でしょう。

孫が——いた気がした。

は……？

孫が、いた気がしたんだ——あのとき。

…………。

もちろん姿を見たわけじゃねえし、声が聞こえたわけでもねえ。上手く言えねえんだが——とにかく、いた気がしたんだ。それで思わず振り向いたら、あの男——あんたの先生が、いまにも倒れそうにふらふらしてた。

はあ……。

——あんたには、そんなときねえか？

…………。

ねえかな。

——いやすまねえ。なんでもねえよ。じゃあ俺はこれでもう行くから。

…………。

あ、はい。ならせめて玄関まで——。

遠ざかる二つの足音。

私は薄く眼をひらく。

「気がつきました？」

そこにあったのは、心配そうに眉を寄せて上から覗き込む凜の顔だった。私は上体を起こそうと首を持ち上げた。

「あ——まだ起き上がらないほうがいいですよ」

「北見さん、僕は」

「いいから、横になっていてください」

凜がそう言って私の肩を優しく押さえた。私はふたたび身体を脱力させる。

そこは、あきよし荘の客室だった。畳の上に敷かれた布団に私は寝かされていた。部屋の隅に寄せられた座卓には、私たちの使った三つの湯呑みやポット、私の煙草とライターが置かれている。首を回して窓に眼をやると、外はすっかり暗くなっていた。風の唸る音が聞こえる。壁のアナログ時計を見ると、五時を十分ほど回ったところだ。それほど長いこと眠っていたわけではないらしい。

「僕は、どうなったの？」

「河原で、倒れちゃったんです――きっと疲れが溜まってたんですよ」

私の傍らに正座した凜は、そう言って母親のように眼を細めた。

「迷惑をかけて、申し訳なかったね」

「平気ですよ。私も貧血ぎみのほうだから、よくわかります」

「貧血か……」

凜の顔から視線をそらし、天井の木目を眺める。

また、あの声を聞いたんだ――。

そう言おうと口をひらきかけた。しかしいたずらに凜を怖がらせてしまっては申し訳ないと思い直し、いまは言わずにおこうと決めた。

「あれは糠沢さんだったんだね。あのとき僕を後ろから抱きとめてくれたのは」

凜はうなずいて、背後の襖をちらりと振り返った。

「聞こえてたんですね、さっきの話」

「うん――微かにね」

「糠沢さん、心配だったらしくて、ここまでついてきてくれたんです。でもどちらかというと、道尾さんよりも、道尾さんを背負って山道を歩いている先生のことを心配しているみたいでしたけどね」

「真備が僕を――？」

「そうなんです、じつは私もちょっとびっくりしました。糠沢さんが自分も手伝うって言っても、どうしても一人で運ぶって言って聞かないんです」

意外だった。人付き合いが下手で、長年、一人きりで鬱々と蟄居をつづけてきた私にとって、真備のそんな言葉は胸にとても温かかった。

「――真備はどこに？」

「河原です。陽が完全に沈む前に、道尾さんの言っていたもう一つの場所――ほら、あの茂みを下りないで細道をそのまま進むと、滝の上側に出られるって言ってたじゃないですか――あそこも見ておきたいって言って。先生、道尾さんをここの玄関に下ろすと、すぐに引き返したんです」

凜は壁の時計を見上げ、「そろそろ戻ってくるんじゃないでしょうか」と言った。

「だろうね――もうすっかり暗くなってるし」

それにしても真備は、私のことを心配してくれているのかいないのか——相変わらずよくわからない男だ。

ほどなくして、当の真備ががらりと襖をあけて入ってきた。

「お、道尾くん、起きたかい？」

「ああ真備——」

私は布団の上に上体を起こした。

「すまなかったね、おかしなことになっちゃって——きみが僕をここまで運んでくれたんだろう？」

「大変だったぜ。きみは見た目よりも案外重たいんだな」

真備は珍しい生き物でも眺めるような眼つきで私を見下ろした。

「滝の上側の河原に行ってきたんだって？」

「うん——暗くなる前にぎりぎり間に合った。行ってみてよかったよ、一つ面白い事実がわかったんだ。北側の斜面をあのまま進むとたしかにまた上り坂になっていて、そのまま一段上の河原までつづいているんだけど——そこはなんと、あのOLの写真に写っていた場所だった」

「ほんとかい？」

「ほんとさ。――例の写真と目の前の景色とを実際に見比べてみた。写真が撮られたのは夏だから、落葉樹の葉の様子にこそ違いがあったが、生えている木々の位置から河原の石の一つ一つにいたるまで、すっかり同じだったよ」

「じゃあもしかしてOLの手紙にあった、宿泊した民宿というのは……」

真備はうなずく。

「いま下でちょうどご主人に会ったから、訊いてみた。やっぱりそうだったよ。去年の夏に、OLらしい三人組がこの宿に泊まってる。夜中まできゃあきゃあ騒いでいたからよく憶えているらしい。もっともべつに変わった出来事なんかはなかったようだ。いわゆる仲良し三人組の温泉旅行の風景だったとか。――まあさすがにそのうちの一人が翌月になって自殺したとは、僕も言わなかったけどね」

OLの写真に写り込んでいた、あの二つの眼――あれはこのすぐ近くに現れたものだったのか。そう考えると、私は身震いを禁じえなかった。

しかし――。

いったいこの場所で何が起きているというのか。背中に写る二つの眼――無残に殺された糠沢耕一くんの眼に非常によく似た眼。そしてその眼を背負った人物たちの自殺。耕一くんと同年代の少年たちの行方不明。それからあの声――。

「真備、じつは聞いて欲しい話があるんだ」

私は布団の上に座り込んだまま、先ほど河原で耳にしたあの声について、真備に話して聞かせた。真備はすると急に真剣な表情になり、じっと私の眼を見据えながらひと言も口をはさまず聞き入った。

「ゴビラサ……？」

「そう聞こえた」

「ゴビラサ……」

これは凜だ。見ると彼女はいつのまにか小さなノートを取り出し、ボールペンでなにやら書き込んでいる。ちらりと覗いてみたら、横罫（よこけい）の入ったその紙面には、ゴビラサ、コビラサ、ゴミラサ、コミラサ、などという文字が並んでいた。

「それから真備、さっき糠沢さんが、帰り際にこんなことを言ってたんだ」

私は先ほど夢うつつで耳にした、糠沢老人と歌川の会話を真備に話して聞かせた。

——孫が、いた気がしたんだ——

——もちろん姿を見たわけじゃねえし、声が聞こえたわけでもねえ。上手く言えねえんだが——

「孫……」

真備は指先で唇を触りながら、難しい顔でぽつりと呟く。

「糠沢さんは、あのとき耕一くんの気配らしきものを感じていたらしい。ちょうど僕があの声を耳にしていたときに」

私は思いきって訊いてみた。

「なあ真備――耕一くんの霊は、いったい何を訴えようとしているんだろう？」

このとき真備が、私が「霊」という断定的な言葉を持ち出したことに対して何のコメントも差しはさまなかったのが、私にはちょっと意外だった。彼は口元を引き締めて、どこか厳粛ともいえる顔つきで宙の一点を見据えていた。

「僕はどうしてもこんなふうに考えてしまうんだ。僕を助けてくれた糠沢さんには申し訳ないんだが、その――きみの持ってる写真に写っていた人物たちが自殺をしたのは、耕一くんの霊がそうさせたんじゃないか。行方不明になっている三人の少年たちも、耕一くんの霊がどこかへ連れ去って、そして――」

私は思わず口ごもった。自分が話している内容があまりに非現実的であると気づいたのに加え、こんなことを軽々しく口にするのは、幼くして無残に人生を終わらせられた耕一くんに対しての、ひどい冒瀆(ぼうとく)なのではないかと考えずにはいられなかったからである。

真備は否定も肯定もしないような仕草で曖昧にうなずき、視線を伏せた。

しばらくの沈黙があった。

「北見くん、そのメモを見せてもらってもいいかな」

「あ、はい」

真備は凜から片仮名の文字が並んだノートを受け取ると、神妙な顔つきでそれを眺めはじめた。「ゴビラサ……コビラサ……ゴミラサ……コミラサ……」などと、口の中でしきりにぶつぶつと呟く。しかし、やはり謎の言葉の意味はなかなか見つけられないらしい。やがて真備はノートを凜に返すと、「んん」と唸ったきり、腕を組んでふたたび考え込んでしまった。

「真備、これは確実じゃないんだけど、この言葉は文字にすると、全部で五文字になるような気がするんだ。なにしろ風の唸りや葉擦れの音に混じっていたからはっきりとは聞き取れなかったんだが――どうもあの抑揚の感じからして、ゴとビのあいだに、もう一文字入るように思えるよ。例えば――」

そのとき、入り口の襖ががらりと勢いよくひらかれ、私たちは一斉にそちらに眼を向けた。そこにあったのは、小柄な歌川の、泣き笑いのような顔だった。

「よかったァ……」

歌川はくしゃりと顔を歪めて、か細い声を洩らす。

「先生、気がつかれたんですね」

言いながら、彼はよろめくように敷居を跨ぎ、畳の上をへたへたとこちらへ近づいてきた。見ると片手にビニール袋で拵えた氷嚢をぶら下げている。

「ああご主人、どうもご迷惑をおかけしちゃって――」

私は歌川に頭を下げた。歌川は「いいですよォ」と言ってぶるぶると生っ白い首を振る。その拍子に、氷嚢の表面に結露した水滴がぽたぽたと畳に落ちた。しかし彼はそんなことを気にするふうもなく、私に向かってつづけざまに安堵の言葉を口にした。

そんな歌川の顔を見ているうちに、私は次第に恥ずかしさを感じていた。思えばこれほど迷惑な客もないものだ。

「ほんとに申し訳ないね――もう、身体は大丈夫みたいだ」

「そりゃあよかった。熱はありませんか？　いちおうこんなもの持ってきたんですが」

「うん、熱はないから平気だよ」

「そうですか――あ先生、お夕食はどうしましょう？　お粥か何かおつくりしましょうか？」

「いやそんな、いいよ普通の料理で――でも普通の料理のほうがよほど手間がかかるか」

「手間なんて気にしないでくださいよォ」

「川魚と茸が美味しいらしいですね」

真備が嘴を容れる。

「道尾くんが言ってましたよ、ご主人の料理の腕は大したもんだって——僕としてはその腕前をふんだんに揮った料理を是非とも食べてみたいものです」

「じつは私も、楽しみにしてました」

凜がつづいて言う。

「じつは僕も」

私が付け加えた。

歌川は人差し指で耳の上をこりこりと掻きながら立ち上がると、

「じつは——私もなんです」

照れ臭そうにそう言った。

「宿の主人がこんなこと言っちゃァまずいんでしょうけど——もしご迷惑でなかったら、お夕食をごいっしょさせていただこうなんて考えてましてて。ほら普段、私、人といっしょに食事することなんてないもんで……」

「ああ構いませんよ、大歓迎です——なあ真備」

「うん、僕たちのほうからお願いしたいくらいだ。こっちもご主人には聞かせて欲しい話がいくつかあるからね」

歌川は古臭い仕草でとんと胸を叩くと、満面で笑った。

「何でもお話ししますとも！　じゃあさっそく私は下で準備をしてきます。あ、お食事はどちらでお召し上がりになります？　下に大きめの宴会場もあるんですが、そちらをご用意いたしましょうか？」

「そこって、どのくらい広いの？」

「二十畳です」

「二十——いいよそんな場所を用意してくれなくても」

二十畳に四人では、いくらなんでも落ち着かない。

「この前といっしょでいいよ、この部屋で」

歌川は「あそうですか」とうなずいた。

「じゃあ、と——八時半頃にはご用意できるかと思いますんで、それまでごゆっくり温泉にでも浸かっていらしてください。御用のときは、ほら、あそこにある、襖の横の呼び鈴をクイクイッと引いてくださいね、すぐに参りますから」

では、と最後の愛想を残して歌川は後ろ向きに部屋を出ていった。廊下の床板が、氷嚢から落ちた水滴で濡れていて、それにつるりと足を取られて彼は「ひゃあ」と声を上げた。へらへらと笑いながら手拭いで床板を拭きつつ器用に襖を閉じ——やがて廊下を軽快な足音が遠ざかっていった。

その後私たちは、私が河原で耳にした謎の四文字、あるいは五文字の言葉についての思案を再開した。しかしいくら頭をひねってみても何のアイデアも浮かんでこなかったので、とりあえず温泉に浸かって気分を変えてみようということになった。私たちはそれぞれ入浴の用意を整え、階下の風呂場へと向かった。

六

私と真備が入浴を終えて部屋に帰ると、凜はまだ戻っていなかった。窓の外では相変わらず黒い風が唸りを上げている。

「お、これがきみの言っていた――」

真備が部屋の一角に眼をやって言う。見ると違い棚の上に、いつのまにか額縁に入った三枚の絵が立てかけられていた。広重の五十三次だ。一枚は先日と同じ三重県の庄野、もう一枚は明け方の港町の、大名の出立(しゅったつ)風景を描いたもので、品川の絵。これは東京出身の凜のために飾られたものだろう。そしてもう一枚は、多彩な色彩で雄大な山を描いた、箱根の絵だった。

真備は三枚の絵を興味深げに見比べる。

「この箱根の絵は、僕のために飾ってくれたのかな？」

「庄野が僕で、品川が北見さんだから、たぶんそうだろうね。でもどうして箱根なんだ？」

「ほら、町田は坂道が多いだろう、だからきっとご主人は東海道中の難所として知られた箱根峠を町田になぞらえて選んでくれたんだよ」

「ああ、なるほどね」

歌川の気遣いに感心しつつ、私は腕を組んでうなずいた。

「北見くんもこの絵を楽しみにしていたようだから、きっと喜ぶだろうね」

「うん——しかし北見さんの絵は、彼女の部屋に飾られるのかと思ってたよ」

「食事のあとで移してくれるんじゃないかな。若い女性が入浴している隙に部屋に入るのは、さすがにご主人も遠慮したんだろう」

たしかに、それではサービスだかなんだかわかったものではない。

「それにしても北見さん、けっこう長風呂なんだな。僕たちもずいぶんと長いこと入っていたけど、まだ出てこないのか」

「ああ、彼女は昔からそうなんだ——まあお茶でも飲んでいようよ」

真備はそう言って座卓の前に胡座をかくと、ポットのお湯をこぽこぽと急須に注いだ。浴衣姿の彼は、なんだか観光に来ている外国人のようだ。それでも似合っていないかといえばそうではなく、不思議と似合っている。青地に白い短冊(たんざく)模様の入った浴衣で、私の着ているのと同じもののはずだが、とてもそうは思えなかった。

「あれ、お茶の葉がない――道尾くん、出がらしでもいいかい？」

「あ、うん」

私はそれよりも、いましがた真備が口にした台詞が気になったので、さりげなく彼に訊ねてみた。

「真備――なんできみがそんなこと知ってるんだ？」

「そんなこと？」

「だから、北見さんの風呂が長いとかなんとか……」

真備はにやりと笑って、「気になるのかい」と言った。

「いやべつにそういうわけじゃないけど――ただ、どうしてかなと思ってね」

「僕は北見くんを昔から知っているんだ。彼女がまだ、こんなに小さかったときからね」

そう言って彼が指先で示した大きさは、米粒よりも小さなものだった。私は真備が適当な冗談でこの場を誤魔化そうとしているのだと考え、そうはさせるかとむきになる。

「そんな鼻糞みたいな人間がいるもんか――なあ真備、僕がこんなことを言うのもおかしいが、きみたちは先生、北見くん、なんて呼び合っていながら、もしかするとアレなんじゃないか、その――」

「待てよ道尾くん」

真備は急須にお湯を注ぎ足しながら、

「嘘じゃないんだって。僕は、もともと彼女のお姉さんと小さい頃からの知り合いなんだ。僕と彼女のお姉さんは同級生だったんだよ、世田谷の小学校でね。で、僕たちが小学校一年生のときに北見くんが生まれて――」

私はようやく合点した。

「そういうことか」

先ほど真備が示した米粒以下の大きさは、凜がまだ母親の腹の中にいたときから彼女を知っているという意味だったわけだ。

「そういうことさ――僕は子供の頃、彼女たちの家にもちょくちょく遊びに行っていたからね、彼女の風呂が長いことくらい当然知っている。ついでに言えば、彼女が僕を先生と呼んでいるのは、その時代からの習慣が抜けずにいるからだ。――彼女は小さい頃、虫が好きでね、カブトムシとかカマキリを捕まえては、虫籠に入れて飼っていた。新しいやつを捕まえると、彼女はきまって僕のところへ見せに来た。そして僕は彼女に虫の名前や飼い方を教えてあげていたんだ。中学生から高校生にかけての当時、僕は昆虫採集に凝っていて、学研の昆虫図鑑を丸暗記していたからね」

「ははあ、それで先生か」

「そう、それで先生――はいお茶」

「ああ、ありがとう」

奇妙に静まった部屋の中で、私たちは色だけのお茶を啜った。

やがて、階段を上る微かな足音が聞こえ、ぱたぱたというスリッパの音が廊下を近づいてきた。入り口の襖がひらき、振り向いた私の眼に、白い肌を上気させた凜の浴衣姿が飛び込んだ。白地に青色の短冊模様の入った浴衣だ。私たちの着ているものとは、地と模様の色が逆になっている。

「お風呂、けっこう広いんですね。一人で使うのもったいないくらい」

そう言って彼女はピンク色に熱(ほて)った頬に、白い手の甲をひたひたと押し当てる。どちらかというと普段から薄化粧のほうの彼女だが、はじめて見る素顔にはどこか少年のようなあどけなさがあり、それが私に不思議な親近感をおぼえさせた。そのいっぽうで、髪の毛を後ろに流していて、いつもは隠れている耳や首筋などが蛍光灯の下で白く浮き立っているのが、なんだか眩(まぶ)しかった。

「かつては鼻糞サイズだった生物も、月日が経てばやがて人の眼を釘づけにするようになる――不思議なものだね、道尾くん」

真備が真顔で余計なことを言う。

「なんですか？」

「いやさっきね、道尾くんがきみを鼻糞……」

「おい」

座卓の傍らに正座をしながら、凜が怪訝そうに私たちの顔を見比べた。

「失礼しますゥ」

私たちが思い思いの格好でくつろぎながら一連の事件の内容を交えた雑談をしていると、歌川が襖のあいだからにこにこした顔を覗かせた。

「お食事のご用意ができましたが、そろそろお持ちしてもよろしいですか？」

「あ、お願いします」

いち早く答えたのは凜だ。

「じゃあすぐにお膳を――ええと、みなさんおビールでよろしかったですかねェ？」

私たちは揃ってうなずいた。

真備とは学生時代に何度か酒を飲んだことがあったので彼がアルコールを嫌いでないことは知っていたが、凜も嬉しそうにしているところをみると、彼女もどうやら酒は平気なようだ。私はといえば、普段はほとんど酒は飲まないし飲んでもあまりいけるほうではないが、ビールぐらいなら楽しめるという程度の酒量だった。

「グラスは、じゃあ三つでよろしいですね？」

歌川の言葉に真備が首を振った。

「いや四つにしましょう——一人だけ素面（しらふ）じゃあご主人も面白くないでしょうから」

「いえェ私はそんな」

歌川は声を裏返しながら大げさに遠慮したが、真備が無言でにやりと笑いかけると、それにつられて彼もまたにやりと笑い返し、じゃあ一本だけ、と答えた。ビールの量を杯で数えずに本で数えるところをみると、彼もけっこうイケるくちなのだろう。

お膳を運ぶのを手伝おうという真備の提案で、私たちは揃って階下へ下りていった。

「そうそう——部屋に飾っていただいた絵、ありがとうございました。箱根の絵は、坂道の多い町田になぞらえて選ばれたんですよね」

真備の言葉に、歌川は嬉しそうな声を上げた。

「あ、よくおわかりになりましたね。そうですそうです、そのとおりなんですよ」

「私の品川の絵も、ありがとうございました。浮世絵とかよくわからないけど、嬉しかったです」

凛が真実らしい感情を込めて礼を言うと、歌川は大いに照れながら、

「いえェそんな。大したサービスができないもんで、あんな絵でごまかしているだけですよォ」

そう言ってぺちぺちと自分の額を叩いた。

階段を下りきったところを左手に曲がると、暗い廊下のとっつきに五坪ほどの広さの厨房があった。

「――汚いところをお見せして、申し訳ないです」

歌川は言ったが、それは謙遜というもので、そこは生ごみの欠片ひとつ落ちていないじつによく片付いた厨房だった。床はコンクリートのたたきになっていて、中央に流しと調理台が据えられ、右手の壁沿いに冷蔵庫やオーブンなどの機材が並んでいる。その反対側にガスレンジがあり、弱火でキープされた大鍋からは鰹だしの香りのする湯気が、くつくつという小気味よい音とともに立ち上っていた。

「うわ美味しそう……」

姿の見えない料理に向かって凛が嘆息する。

「なるほどここでお料理をされているわけですね——おや、ご主人はわりと忘れっぽいほうですか？」

物珍しそうに厨房内を眺め回していた真備が、ステンレスの調理台の端に立てかけられた一枚のホワイトボードを興味深げな顔つきで覗き込む。Ｂ４判の板面に黒いマーカーの走り書きで、『トリ肉　残半キレ』とか『吉岡サマ　肉↓魚』とかいう、歌川がここで忙しく立ち働いている風景が浮かんできそうなメモがいくつも書き込んである。急いで書いたらしい、雑で読みにくい文字もあれば、わりと余裕を持って書いたに違いない奇麗な筆跡の文字もあるのが、いかにも普段の仕事振りを感じさせた。

「大事なことを忘れちゃうのがおっかないんですよ。よっぽど心配性なんでしょうねェ——」

なにせ彼は一人でこの厨房を担っているのだから、それも当然だろう。私などはスーパーに葱と納豆を買いに行くときにさえ用心して、葱、納豆と書いた紙を持っていくのだ。十代の頃に昆虫図鑑を丸暗記していたという真備などは、きっとメモをとるという概念すら持っていないに違いない。

「それにしてもずいぶんたくさんありますね、ホワイトボード」

凜が面白そうに言う。なるほどよく見ると、厨房のあちこちに小さいものから大きなものまでいろいろなサイズのホワイトボードがあった。冷蔵庫のドアにきちんと掛けられているものもあれば、流し台の脇に無造作に置かれているものもある。それぞれの板面には、やはり雑多なメモが書き散らされている。メモの中には『今日もがんばろう』などというものも見られ、微笑ましいことこの上ない。

「ご主人、あれは何？」

奥の壁に、天井から伸びたカラフルな紐が五、六本並んで垂れ下がっている。それぞれの紐の先には釣りで使う重りのようなものと、ちょうど葉書くらいの大きさの、紐と同じ色をした厚紙が取りつけられていた。

「ああ、あれですか──あれはほら、先生たちのお部屋にもあった呼び鈴ですよ」

「あの紐はここにつづいているわけか──でも肝心の鈴がついていないけど」

「そうそう、そうなんですよ。だから呼び鈴っていう言い方もどうかとは思うんですが──じつはあれ、音は鳴らないんです。そのかわりに、上で紐を引くと、あの色のついた厚紙がひらひらと揺れるようになっていて──」

「ははあ、ご主人はそれを見て、ああ呼ばれている、と」

「そういうことです。ほら厨房って、換気扇なんかを回すとわりとうるさいでしょう。だから鈴をつけても聞こえないんじゃないかと思いましてねェ」

「なるほどなるほど、それで厚紙か。なかなか面白いアイデアだなあ」

「いやァそんなことはないですよ。なにせ間に合わせの材料でつくったから、不格好で――」

歌川は白い歯を見せて笑った。

「さてと――それじゃあ開業以来初のセルフサービスをお願いしちゃいますか。んん、どれを運んでいただこうかな、と……」

歌川の采配で、私と真備がビール瓶を、凜がグラスや茶碗の類を運び、そのあいだに歌川が料理の盛り付けを済ませておくことになった。

「盛り付けってもそんなに格好のいいもんじゃありませんから、すぐに終わります。みなさんはお部屋でお待ちになっていてくださいー―じゃ、すみませんがお願いしますね」

さっそく茸の煮付けを皿に盛りはじめる歌川を残し、私たちはそれぞれの持ち分を手に手に抱えながら厨房を出た。冷たい廊下を三人でひたひたと歩いていると、なんだか修学旅行にでも来たような気分だった。

部屋に戻り、凜が布巾で拭った卓上に私がビール瓶や食器を適当に並べていたら、

「道尾くん、ここの宿の案内状を持ってる？」

真備が思い出したように言う。

「ほらきみの言っていた、ご主人の自作のやつ。『ながめ最高！』とかいう」

「ああ、あれか。持ってないよ。だから今日ここへ来るとき、ご主人に電話できなかったん

じゃないか。あれがあれば宿の電話番号が載っているから、バス停まで車で迎えに来てもらうこともできたんだけど——いや、あれ——ちょっと待ってくれ」

そのとき私は、前回ここへ来たときも自分が今日と同じバッグを持っていたことににわかに思い至った。試みにバッグを探ってみると、底のほうから、荷物につぶされて皺だらけになったあきよし荘の案内状がへろりと出てきた。

「おおあったあった、あったよ真備。なんだ電話することができたんだ。いや参った、うっかりしていた」

私はなるべく言葉数を多くして自分の失敗を誤魔化そうと努めたが、見れば真備はそんなことは気にもしていない様子だったので、うんと咳払いをして案内状を彼に手渡した。

「しかし真備、こんなものいまさら見てどうするんだい？」

真備は受け取ったA４判の案内状に眼をやりながら、ふんふんとうなずいている。

「いやべつにどうというわけじゃないさ。夕食のメニューなんかがどこかに書いてあるかと思ってね」

「ああ、そんなものはない。ただ『料理がイケる！』って書いてあるだけだよ」

真備は「そうみたいだね」と私に案内状を返してよこした。私はそれをまたバッグに戻す。バッグの口からスルメの足が覗いていたので、さりげなくそれも奥のほうへ押し込んだ。

「おっと、イケる料理が到着するようだぜ、道尾くん」

歌川が廊下を近づいてくる。しかしこれまでのように足音が近づいてくるのではなく、今回近づいてきたのは、しゃくなげ匂うぅ山並みにぃィという歌詞の、いかにも長調といった感じの陽気な鼻歌だった。

「♪この空ァいつまでもゥああ福島県……と、お待ちどおさまでしたァ」

肘で器用に襖をあけて、割烹着姿の歌川がひょこひょこと入ってくる。両手で抱えた巨大な盆の上には豪勢な大皿の料理が満載だ。

「うわ、これほんとに四人分ですか？」

凜が声を上げながら、卓上に皿を下ろすのを手伝う。歌川は手際よく皿を配置しながら、

「そのとおりです」と満足げに答えた。

「今日はたまたま魚も大ぶりのやつが手に入ったんですよ、ほらこれ」

歌川が指差した、躍り串にして焼かれた川魚は、なるほどこのまえ私が食べたものよりもずっと大きくて美味そうだ。

「わあ、これ鮎(あゆ)ですか？」

「いえ、イワナなんですよ。もしお好きでしたら、あとで鰭酒(ひれざけ)なんかもお出ししますね」

それから私たちは座卓を囲み、ビールで乾杯をした。真備と歌川は瞬く間にグラスを空け、

凛がそれぞれに二杯めを注いだ。その凛も意外にペースは速く、料理をぱくつきながら美味そうにビールを飲み干している。私が彼女の空いたグラスにビール瓶の先を近づけると、凛は、いいえ、そんな、私あんまり、などと言いながらも自らグラスを差し出した。

「おお、北見さんもけっこうイケるくちなんですね」

早くも目尻をピンク色にした歌川が大げさに驚いてみせる。

「え、だってただのビールじゃないですか。ぜんぜん平気ですよ」

「ほほう。それは暗に、早く鰭酒を出せと……？」

歌川がにやりとして言う。それから彼は欣然と立ち上がり、部屋を出ると、ほどなくして日本酒の徳利を数本抱えて戻ってきた。私たちはグラスをお猪口に替え、焼いたイワナの鰭の入ったその酒を味わった。

「しかし、ねえ真備さん」

だいぶ酒もすすんだ頃、歌川が赤い顔をくるりと傾げて言う。

「――いったいこの白峠に、何しにいらしたんです？」

その口調は悪戯っぽく、どこか含みのあるものだった。まるで、自分は知っているんだぞ、とでもいうような。

「なに、ちょっとした用事ですよ。仕事がらみのね」

真備はスルメの足を咥えながらそう答え、座卓の向かい側から平然と歌川を見返す。彼の咥えているスルメは私が自宅からラップに包んで持ってきたものだ。あれだけあった卓上の料理もだいぶなくなり、ちょっとした乾き物が食べたくなってきたので、少し迷ったが私はとうとうバッグの中に隠していたそれを取り出し、みんなに振る舞ったのだった。

歌川は目尻に皺を寄せて苦笑すると、

「またまた、ごまかしちゃってェ。わかってますよ、例のほら――子供のあれでしょう?」

その言葉に、私は思わず彼の顔を見直す。

「ほう、よくおわかりになりましたね」

真備がそう言うと歌川は、「わッかりますよォ」と自分の膝を叩いた。

「なんとなくね、わかるんです。だってほら、このまえ先生にもお話ししましたけど、去年一昨年と子供の行方不明がつづいて、そのたびに私のとこにも警察やらマスコミやらがやってきて、マスコミの方なんかはここに泊まっていかれたりもしてましたんで――なんていうか、雰囲気でわかるんですよ。ご宿泊のお客さまが、はたして観光目的で来ているのか、そうでないのか。そうでないとすれば、もう例の事件がらみとしか考えられません。真備さんもあれですよねえ、きっと先生に、ここで起きた事件の話を聞いて、取材に来られたんでしょう？」

ここは自分が何か言うべきかと思い、私が口をひらきかけると、

「じつはそのとおりです」

真備が両手を上げてみせた。

「僕も少々書き物をするもので」

「ははあやっぱり。じゃあ、先生のご同業の方で？」

「まあそんなところです」

「それならそうと、隠さずに言ってくだされはいいのに。先生のご友人の取材なら私も喜んでご協力しますよォ」

歌川が妙なシナをつくって言う。

「いや、べつに隠していたわけじゃありません。じつはある程度酒がすすんでから切り出そうと考えていました。ご主人が素面ではこっちもなかなかお話ししづらいところがありましてね。なにせほら、いまおっしゃったように、ご主人は例の話にはもううんざりしているのでしょうから」

「ええまあ、たしかにねェ——あんまり気持ちのいい話じゃあないですから。なにせ逆さを見るってことほど、世の中に酷いことはありませんものね」

歌川はそう言いながら盃の酒をちろりと舐める。歌川の口にした逆さを見るという言葉が聞き慣れないものだったので、その意味を訊ねると、どうやら子が親よりも先に亡くなる「逆縁」のことらしかった。

「え、言いませんか？――逆さを見る」

「いやはじめて聞いたよ、へえ」

いろんな言い方があるものだ。それにしても、言い方はともかくそんな言葉を持ち出すということは、彼も内心では行方不明の子供たちがすでに死んでいると考えているのだろうか。

「とにかく、せっかくこうしてお食事にまで混ぜていただいたんですから、私にできることがあればなんなりとおっしゃってください。あ、そういえば夕方、聞かせて欲しい話がいくつかあるとか言ってませんでしたっけ？」

「ええ。まあ聞かせて欲しいというか何というか――」

真備はしばらくのあいだ、何か思案している様子で天井を見上げ、爪の先で徳利をこつこつと叩いていたが、やがてその視線を歌川に戻すと、

「地元にお住まいの方の、正直なご意見をお聞きしたいんですが、ご主人は、子供たちに関する一連の事件について――糠沢耕一くんの殺害事件からほかの三人の少年の失踪事件まで含めてのことですが――じっさい、どう思います？」

「どう――？」

「ええ。耕一くんをあんな目に遭わせたのは、いったいどんな人間なのか。どうしてあんなことをしたのか。そして行方不明になっている三人、山岸くん、森木くん、田倉くんは、生きているのかいないのか。生きていないとすれば、事故なのか事件なのか。事件だとすれば――疑問が循環しますが――それに関わっているのは、いったいどんな人間なのか。あるいはそもそもこれには、人間ではない何かが関わっているのか……」

歌川は「ううん」と唸って首をひねる。

「糠沢耕一くん事件の犯人は、私になぞわかるはずもありません。なんたって警察にもわからないんですからねェ。ほかの子の行方についても同様ですよ。しかし真備さん、いまおっしゃった、人間ではない何かというのは、いったいどういう……？」

言いながら歌川は真備の盃に酒を注ぎ足した。真備は一礼してそれを受けつつ答えた。

「例えばほら――天狗の仕業」

はは、と歌川は笑う。

「真備さんもそういうの信じちゃうほうですか？」

「僕は信じるも信じないもありませんよ。世の中には僕なんかの知らないことがいくらでもありますからね、天狗だってあるいは実在するのかもしれないし、しないのかもしれない。

ただ事実として、このあたりの人々の中には、糠沢耕一くんの殺害や、三人の少年たちの失踪に関して、天狗の仕業だという説を持ち出している人がいる」

「ええまあ――そのようですね」

歌川はゆっくりとうなずいた。

「で、ほかには？　ほかには例えばどんな、人間以外の力が考えられます？」

酒がまわってだいぶ肩の力を抜いたらしい歌川は、相手をからかうような口調でそう訊いた。真備は手にした盃を口元に持っていきながら、

「例えば――まず耕一くんは誰かの手によって殺されたとして、そのあとに起きた子供たちの失踪は、殺された耕一くんの呪いである、とか」

先ほど食事の前に、私が真備に話した考えだ。彼がここでそれを引き合いに出したことに、私はちょっと驚いた。しかし真備の顔色を見るかぎりでは、彼はべつにそれを信じているというわけではなさそうだった。何かしら、相手を試しているかのような顔つきだ。

歌川は「おお」と大げさに身を引いた。

「呪い、ですか」

「ええ呪い、です」

呪いという言葉をことさら強調する言い方で、真備は返す。歌川はしばらく真備の顔を見

つめたまま黙っていたが、やがて堪えきれないというように肩をすくめてぷっと吹き出した。

「真備さん、真面目な顔で変なこと言わないでくださいよ。そんなものがあるわけないじゃないですか」

「そう思いますか？」

「思いますかって、当然ですよゥ。いまどき呪いだなんて――」

「村の人たちも？」

「え？」

「村の人たちも、そう思いますか？」

「そりゃそうでしょう、いくらこんな田舎だからって、呪いがどうのなんて、誰もそんなこと考えたりしませんよ」

真備は眉を寄せて唇をすぼめる。

「それは不思議ですね」

「不思議――といいますと？」

「だってほら、呪いだって天狗だって、どちらも非科学的で非現実的であることには変わりないでしょう。ところがどうして天狗のほうは信じて、呪いは考えもしないんですか？」

「ううん、どうして……でしょうね」

「じつは今日たまたまI駅の駅員さんに聞いたのですが、なんでも天狗の仕業というのを最初に言いだしたのは、耕一くんのお祖父さんの糠沢長次さんなのだとか」

「え、そうなんですか？　じゃあそのせいで、天狗の仕業説が広がって――」

真備は「いや」と首を振る。

「それにしてみても、僕はどこか納得がいかないんですよ。だって、いくら糠沢さんがそう言ったからといって、普通そんなものはすぐに黙殺されるでしょう。こう言っては本人に申し訳ないですが、糠沢さんが天狗がどうのと言ってみたところで、僕がいま呪いの話を持ち出したときのように、いまどき誰も信じはしない。そうでしょう、それが普通です。ところがこのあたりの人々の中には、それをなかば本気で信じている人がいるという。ご主人、地元にお住まいの一人として、これをどう考えます？」

真備の早口の問いかけに歌川はいくぶん圧倒されたようで、人差し指でぽりぽりと耳を掻いた。彼はそうしてしばらくぼんやりとしていたが、やがて何か返すべき言葉を思いついたらしい。こくりと一回うなずいて真備に視線を向ける。

「私としては――理由は二つばかしあるんじゃないかと思います」

真備は興味深げに目顔で先を促す。

「一つは――やっぱり信じたくないんですよ。自分たちの住んでいる地域に殺人者がいるとか、人攫（ひとさら）いがいるとか、そういうことを。だから天狗のせいにして、表面的にでも安心しようとしているんじゃないでしょうかねェ……」

「ははあ、なるほど」

真備は片方の眉を上げる。

「しかしそれならば、べつに天狗が呪いであっても構わないわけですよね」

「ええ、まあ」

「で、ご主人、二つめというのは？」

「二つめは……」

歌川は言いよどむ。片手の指先で相変わらず耳をいじくりながら、真備の顔に視線を向けたりそらしたりをしばらく繰り返していた。我々は彼の言葉のつづきを辛抱強く待った。

「そもそも——」

歌川がようやく口をひらいた。

「天狗の仕業だなんて話を本気で口にしているのは、ほとんどが白峠村の住人なんですよ。隣の愛染町なんかでも天狗がどうのこうのと囁かれてはいるようですが、私が思うに、それは単にそういったオカルト的な話を面白がっているだけです。心のどこか一部分だけとはいえ、天狗が人を攫ったり殺したりするなんてことを本気にしているのは、きっと白峠村の住人だけです」

「それはどうして？」

真備が歌川の顔を見据える。このとき私は何故だか、漠然とした不安をおぼえた。

「これはあんまりお話ししたくないんですがねェ……」

歌川はそう前置きをしてから、まるで救う手立てのない病人の話でもするかのような重々しい口調で、こう言った。

「——白峠の名前の由来、ご存じですか？」

七

「じつは私も東京からここへ来て、はじめのうちはそんなもの知らなかったんですがね。なんでもこのあたりは、昔はただ『峠』とだけ呼ばれていて、『白峠』という名前はなかったらしいんです。山を下るあの川も、流れが速いことから『早川』と呼ばれてはいたのですが、『白早川』という名ではなかったらしいんですよ。つまりどちらも、『白』の一文字が抜けていたんですね」

「ほう——それがどうして？」

私も凛も、思わず上体を傾けて歌川の顔を覗き込んだ。

「それなんですが――じつは『白』という文字の持つ意味に秘密があるんですよ。『白』というのは象形文字なんですが、みなさんはその由来を――？」

私は黙って首を振った。凛も「知りません」と答える。

「たしか、代表的な説が三つありましたね」

そう言ったのは真備だ。見ると彼の表情はにわかに厳しいものになっていた。歌川の説明しようとしている内容について、早くも何かに思い至ったのかもしれない。

「おお、よくご存じですね――そうです、『白』という文字の由来については、三つの説があるんですよ。まず一つは」

歌川は自分の片手を私たちから見えるよう卓の上に差し出すと、親指を天井に向けてぴんと立ててみせた。

「これです、親指。この親指の、爪が伸びた様子を象（かたど）っているという説です。ほら指の爪って白いでしょう」

なるほど、横から見た親指を単純な線で描くと、『白』という文字に近くなるような気がしないでもない。

「そしてもう一つの説は」

歌川は差し出した片手を戻しながら、

「ドングリを象ったというものです。椎や樫なんかの実、ですね。あれも殻を割って見てみると中身は白い色をしている」

これもまたうなずける説だ。子供の頃よく割って遊んだドングリの殻の中は、たしかに真っ白い色をしていた。

「それから三つめの説――じつはこれが、白峠や白早川の名前の由来になったと言われているんですが……」

そう言って歌川はちらりと真備に眼をやった。真備はゆっくりといちど瞬きをしてから、歌川の眼をじっと見返して、

「――髑髏ですね」

そう言った。

予想もしていなかった不吉なその単語に、私は思わず身を硬くする。

「そう。人間の白骨の――頭の部分です」

「どうして髑髏が村や川の名に？」

真備が訊ねる。歌川は細い眉を寄せて上目遣いに真備を見た。

「順を追ってお話ししますと――その昔、このあたり一帯で原因不明の河川汚染が発生して、

たくさんの村人が死んだことがあったんです。いや、死んだのは人間だけじゃありません。村人と、それから」

――天狗です。

歌川はそう言った。

「とはいえ、まさか本物の天狗じゃありません。このあたりに残っている伝説や民話では天狗となっているようですが、じつはその天狗というのは当時この山の中で修行をしていた、山伏の一団だったらしいです。どうも昔の人々は、山伏たちを天狗と混同していたらしいんですね。ほら山伏と天狗って、様子が似ているでしょう」

ここへ来る途次、バスの車内で真備がその説明をしてくれたのを私は思い出した。山中での厳しい修行の結果、超人的な力を身につけていた山伏たち。その存在に人々は強い畏怖の念を抱いていた。だから人々はその山伏の姿を、天狗という正体の曖昧な恐るべき存在に投影させた。

そうやっていちど天狗というキャラクターができあがってしまえば、その姿の由来を知らない人々が天狗と山伏を混同したり同一視したりしてしまうことは、十分に起こりうるだろう。

「白早川――当時の早川の水が汚染されて、村人と山伏がその被害に遭い命を落としたと？」

真備の言葉に歌川はゆっくりと首を横に振る。

「いえ——それが、そうではないんです。ちょっとまわりくどいお話なんですが、その被害で亡くなったのは、村人たちだけだったんです。山伏たちの中に被害者は出ませんでした。というのも、私はさっき、河川汚染による被害という言い方をしましたが、それは当時の人々がそう考えていたという意味であって、後のきちんとした調査によると、じつはこれ、疫病のようなものだったらしいんですね」

真備は「なるほど疫病」と呟く。

「だから山中に籠もって生活をしていた山伏たちは、その被害に遭わなかった——」

「そうです、そのとおりです。そのかわりに、寄り集まって暮らしていた村人たちのあいだには、疫病は瞬く間に広まった。でも当時の人々の頭には疫病なんていう知識や概念はありませんから、ばたばたと家族や隣人が倒れ、死んでいくのに怯えながらも、その理由がさっぱりわからない。どうしてそんなことが起きているのか、彼らには理解することができない。毎日毎日、人が死んでいくのを見ながら、ただただ不安だけが高まって、やがて村は恐慌状態に陥った」

歌川はそこでいったん言葉を切ると、私たちの顔を順繰りに見渡した。

「――そんなとき、人はどうすると思います？」

「無理にでも、何かに原因を求めようとするでしょうね」

真備が答えた。歌川はこくりとうなずく。

「まさにそのとおりです。では当時の村人たちはいったい何にその原因を求めたか。その答えが、水です。――彼らは当時、早川の水に頼って生活していました。伐り出した材木の運搬にしても水車を回す原動力にしても、もちろん水産物や飲み水の供給源としても、あの川の水と非常に深い関わりを持った生活を送っていた。あの川の水なしでは成り立たない生活を送っていたんです。だから彼らは、多くの村人が死んでいく原因が、あの水にあるのではないかと考えた」

「それで――河川汚染」

「ええ。村人たちは、早川の水が穢れているのだと囁き合うようになった。もっとも穢れているといっても、いまでいう河川汚染のように、工場の廃水がどうの地下の廃棄物がどうのというわけではありません――そんなもの、当時はありもしないですからね。その頃でいう穢れというのは、なんというか、もっと非人為的な、不可抗力的なものです。例えば神の怒りであるとか、仏の罰であるとか、きっとそんな感覚だったと思います。でもだからといって、それじゃあ仕方がないというわけにはいかない。だってそうしているあいだにも、どんどん人が死んでいくんですから。親が死に、夫が死に、妻が死に、あるいは子供が死んでいくんですから」

歌川はまるで彼自身が当時の村人の一員であるかのように切々と訴える。時は経っていても、いま現在同じこの地に暮らす歌川にとっては、これは身に迫るほどのリアリティーを持つ物語なのかもしれない。

真備が口をひらく。

「そこで——神殺しが起きたんですね」

歌川は口元を引き締めて肯定の意を示した。

「神殺し？」

聞き慣れない言葉だった。私は説明を求め、真備の顔に視線を向ける。

「古来、ひとつの部族が何らかの要因で秩序を保つことができなくなったとき、彼らは自分たちの神を殺すという行為を行うことがあったんだ」

「神を殺す……」

「そう。もっとも、概念の結晶体である神そのものを殺すことはできないから、彼らが実際に殺したのは、神を象徴するもの——いわゆる長老と呼ばれていた部族の権力保持者や、神官、あるいは超越的な力を持つと信じられていた何者かだ。白峠の村人たちは、おそらくその対象に天狗を選んだのだろうね」

歌川が「そのとおりです」とつづける。

「村人たちは天狗を――山伏たちを、皆殺しにしたんです」

皆殺しに――。

「それはつまり、村が秩序を保てなくなった罰として？」

私の問いに歌川は首を横に振った。

「さあ、そこまでは私にもわかりませんが……」

かわりに真備が口をひらく。

「罰として――という意味ではなかったんじゃないかな。そもそも神殺しは、懲罰的な意味を持つものではなく、新たな神を祀るため、あるいは神そのものを否定して神からの自立を実現するための行為だ。きっと白峠の村人たちも、神秘のイメージを持つ天狗を殺すことで、神から自立をし、失われてしまった自分たちの秩序を回復しようと考えたんだろうね。もはやそうすることしか自分たちの生きる道はないと、彼らは思い込んでしまったんだよ」

真備は「愚かなことだ」と眉根を寄せた。

「それまで天狗を神と崇めてきたわけでもないのに、自分たちが不幸に襲われたときにだけ天狗を神格化し、不幸を解決する道具として利用する。恣意的な、とんでもない御都合主義だよ。本来は儀礼的に形式を整えて遂行され、神聖なものであるはずの神殺しが、集団ヒステリーによって曖昧な根拠で発作的に行われ——しかもその対象は、当人たちの無知によって天狗と混同してしまっていただけの、善良な修行僧たちだったわけだ」

「そう、まったく愚かなことです」

歌川がぽつりと言う。

「——たぶん、村人の大量死を川の水の穢れによるものだと勘違いしたのがまず悪かったのでしょうね。当時の村人たちに疫病という知識がもしあれば、村から離れた場所に暮らす山伏たちがその被害に遭わないのを、当然のことだと理解することができた」

真備がうなずいて先を引き受ける。

「しかし川の水が穢れているせいで人が死んでいくのだと思い込んでしまった村人たちは、同じ水に頼って生活しているはずの山伏たちが平気な顔で修行をつづけていることに思い至り、そこに強い神秘的な力を感じた。だから村人たちは、山伏——天狗を、急ごしらえで神格化し、村の衰勢を支配する神として位置づけた」

「そして——殺したわけか」

私は呟いた。恐ろしさとともに、なんだか空虚な気持ちで。

もし自分が当時の村人だったら——同じことをしていただろうか。

　私はそれを否定することはできなかった。理由もわからないまま仲間が死に、家族が死んでいくという恐ろしい不幸のなかで、誰かがその不幸の原因をこれに違いないと指差す——きっと私も、その指差されたものを、力ずくで排除しようとするだろう。

「きっと群集心理も関係していたんだろうね」

　真備が言う。

「人と人とが集まって群衆になったとき、人間は本来持っている観察力や批判精神をなくしてしまうことがあるんだ。こんな話がある——ある海上で艦隊の戦艦が暴風雨に見舞われ、小型艦とはぐれてしまった。天気が回復するのを待って、戦艦は小型艦の捜索に出た。監視兵の一人が突然叫ぶ——あそこに筏が漂流している！　それを聞いた乗組員たちは一斉にその方向に眼をやった。そして全員が見たんだ。満載の人間——両手を差し伸べてうごめき、救助を求める声を上げる人間たちを乗せた、一枚の筏が海上を漂っているのを。乗組員たちは歓声を上げた。大急ぎでボートを用意し、筏の救助に向かわせた。ところが——筏のそばまで近づいてみると、それは木の葉に覆われた数本の木の枝だった。さっきまでたしかにそこに見えていたはずの、人々を乗せた遭難筏は、忽然と消え失せていたんだ」

「見間違い——だったわけか」

「そう。戦艦の乗組員たちは、はぐれた仲間の発見を願い、捜索に集中していた——そこに監視兵が筏を見たと叫ぶ。その見間違いは一瞬のうちに全員に感染し、集団に幻覚を見せたんだ。人間を満載した遭難筏という幻覚をね」

「なるほど……」

かつての白峠の村人たちが、山伏を村の衰勢を支配する神と捉えたのにも、同じ群集心理が働いていたということなのだろう。しかし、海上に仲間を見つけ救助に向かうのと、何の罪もない修行僧たちを唐突に殺害するのとでは、結果としては大いに違う。

「しかしご主人、それはそうと——その神殺しの一件と髑髏はどういう関係にあるんです？」

ややあって、真備が訊ねた。

「村人たちが死んだ、山伏たちが殺された——それはわかりましたが、そこでどうして、髑髏を表す『白』の文字が村や川の名前に？」

「じつはこのお話には、もう一つおまけがありましてね……」

歌川はまるで誰かの聞き耳を怖れるかのように、ちらりと周囲に眼をやると、卓上に半身を乗り出して声を低くした。

「村人たちは、無実の山伏たちをただ単に殺したというだけじゃないらしいんです」

「というと？」

私と凜も歌川に注目する。歌川は一瞬唇をへの字に曲げてから、こう言った。

「聞くところによると村人たちは、殺した山伏たちの首を切り落として、川に流したというんですよ」

「首を……」

私は歌川の顔を見直す。

首を切り落として、川に——。

「というのも、そのときの村人たちの頭の中ではほら、山伏たちは超自然的な力を持った天狗、そして神にほかならないわけですから、ただ殺しただけでは不安が残ったんです。つまりその——生き返るんじゃないかっていう。そしてもし生き返ってしまったら、そのあとでどれだけ恐ろしい災いが待っているか知れたもんじゃない」

「だから、首を切り落として川に流した？」

私の声は掠れていた。

「ええ、そう聞いてます。しかも嫌なことには、民話の中には村人が天狗の首を流した場所を滝のすぐ下だと書いているものがあるんですよ。みなさんはご存じかどうかわかりませんが、白早川には、滝といえば一箇所しかないんです」

歌川は低い声で言い、またちらりと周囲に視線を走らせた。

「それはまた——あまり気持ちのいい話ではありませんね」

そう呟いて、真備は壁の向こう——夜の闇の中でいまもあの滝の流れ落ちているであろうあたりを、ゆっくりと振り返った。

「——で、その神殺しのあとで、村はどうなりました？」

「それが不思議なもので、それ以降、村には死者がぱったりと出なくなったらしいですよ。まあきちんとした文献や資料が残っているわけではなく、これはあくまで民話や伝えるところですから、はなはだ怪しいものですけどね。もしかすると当時の人々が、そういう結果を子孫に伝えることで、自分たちの行為を正当化しようとしたのかもしれません。とにかく話としては、神殺しは成功し、村は平静を取り戻したということになっています。そして村人たちは、天狗を神として祀るようになった——なんだかひどい矛盾のようですが」

「なるほど」

真備は難しい顔をして、片手の指先で自分の頬をゆるゆると擦った。

「非常に興味深いお話をありがとうございました。で、話をもとに戻しますと——白峠村や白早川の名前につけられた『白』の一文字は、その一連の出来事の中で命を落とした村人と天狗の髑髏を示しているわけですね。それとも、天狗の髑髏のみを示して？」

「んん、どちらかというとそっちが有力らしいです。天狗の髑髏のほう。そう考えられている理由は、『白』が山伏や天狗の身につけていた装束の色にも通じることと、それから白早川の『白』に関しては、村人が天狗の首を川に流したという例の話がありますからね。私自身もじつは、『白』は天狗の髑髏のことを指していると考えているんですよ。だってほら、川に流した時点では肉のついたいわゆる生首でも、あれだけ水面に突き出た岩の多い川ですから、首もそうそうすんなりとは流れていかない。きっとどこかの岩に引っかかって、そこで白骨化した首も多かったんじゃないでしょうか」

そう――耕一くんの首も、水面に突き出た岩の一つに引っかかっているところを発見されたのだった。

「ははあ、それで白早川」

「ええ、そしてその出来事が起きた場所が、白峠」

歌川は軽い溜息をついた。

「一時期この村にマスコミが殺到したとき、三文雑誌なんかは子供たちの事件と天狗とをからめて記事にしたりしていましたが、いまお話ししたような内容――つまり村の名前や神殺しの件に触れているものは一つもありませんでした。せいぜい書かれているのは『この地域には古来天狗の伝説があり』といった程度ですね。村の人たち、誰も喋らないんですよ、こういった件に関して。タブーというほどのものではありませんが、ほら都会と比べて田舎の人って、自分たちの暮らす土地に対する思い入れが強いですから。その土地に影を落とすようなことはわざわざ言わないんです。それに加えてさっきも言いましたように、きちんとした文献や資料がどこにもないもんで——村の人々がわざわざ言わなければ、きっとこんなマイナーな言い伝え、マスコミも知りようがないんでしょうね」

風の咆哮（ほうこう）に、窓硝子が震える。首を回してそちらに眼をやると、昼間、凛が感嘆の声を上げたあの雄大な山並みはすっかり夜の黒さに塗りつぶされ、いまはただ際限のない闇だけがぽっかりと四角い口をあけていた。じっと見ていると、その口の中から何か得体の知れない化け物がいまにも飛び出してきそうな気がしてきて、私は腹の底が冷たくなった。

「——雨ですね」

歌川がぽつりと言う。

よく見ると、黒い窓硝子のところどころにたしかに水滴のぶつかったらしい跡がある。この風の吹き具合からすると、今夜はずいぶんと荒れ模様になるかもしれない。

しばらくのあいだ私たちは、それぞれ思い思いの格好で黙り込んでいた。真備はとんとんと人差し指の先で座卓の端を叩き、歌川はいましがた話した内容を自ら思い返すように腕を組んだままぼんやりと自分の鼻先を見つめ、凛は不安そうな顔で暗い窓の向こうに眼をやっている。私はといえば、部屋の静けさに言いようのない恐ろしさを感じながら、しかし自分で何かを発言するのもためらわれ、いまにも立ち上がって、わあと叫びだしたいような心持ちで、じっとその沈黙に耐えていた。室温が下がってきたのか、胡座をかいた浴衣の膝がやけに冷える。

「ご主人のおかげで、ようやくわかりました」

沈黙を破ったのは真備だった。

「――ん、何がわかったんだ？」

会話が再開されたことにほっとしながら、私は訊いた。

「だから、このあたりの人々が、例の子供たちの事件に関して天狗の仕業だなどという説を信じてしまう理由さ。――ご主人、いまの話は、地域の人々の中では有名な話なんでしょう？」

「んん――有名といえば有名です。まあさっきも言いましたように、そうそう口に出して語られることはないようですが」

「それでもみんな、頭のどこかにはいまの話が入っている？」

「ええ、たいていの人は知ってますね」

なるほど。だから天狗の仕業というような非科学的な話を、彼らは本気にしてしまうわけか。なにしろ一連の出来事の幕開けとなった耕一くん殺害事件には、首を切り落として白早川に流すという、神殺し伝説との恐ろしい共通点があるのだ。

耕一くんが殺されたのを天狗の仕業だと言いだしたのはそもそも糠沢老人らしいが、きっとそのとき彼の頭にも、この神殺しの伝説が浮かんでいたのだろう。私がそれを言うと真備は同意した。

「糠沢さんも村の人々も、天狗の仕業という言い方をしているようだけど、意味としてはむしろ天狗の祟りあるいは天狗の呪いということなんだろうね。先祖代々、かつて白峠で行われた神殺しの事実を語り継いでいる彼らは、天狗に対する怖れを心のどこかに潜在的に持っている。きっと糠沢さんが天狗という言葉を持ち出さなくとも、いつかほかの誰かが言いだしていたんじゃないかな」

ふう、と歌川が大きく息をついた。

「私、さっき真備さんが子供たちの行方不明の件で、耕一くんの呪い云々(うんぬん)の話をされたとき、いくら田舎の村でもいまどきそんなことを考える人間はいないなんて言いましたけど、あれは——見栄(みえ)を張っただけなんです。地元の一員としてね」

彼は侘しげな笑みを浮かべる。

「白状しますと、呪いや祟りを誰より本気にしているのは、この白峠の人間なんです。きっと、ずっと昔からそうだったんでしょうね——というのも、お気づきかどうかわかりませんが、ここは天狗の伝説がある土地であるにもかかわらず、地図のどこを見ても天狗という二文字が見つからないんですよ。それもおそらく、この土地に暮らしてきた人々の心にある、天狗に対する後ろめたさの表れなんじゃないでしょうか」

そういえば今日Ｉ駅の待合所で、真備が同じことを言っていたのを思い出した。

「じつを言いますとね——例の、年にいちどの天狗祭りも、そもそもは自分たちが無残に殺してしまった天狗たちに対して謝罪をするという意味を込めて、当時の村人の手によってはじめられたものらしいです。天狗の怒りを鎮めるために。天狗の報復を逃れるためにです。いつか夏にいらしたときに、天狗踊りを見ていただけるとよくわかります。いえね、天狗踊りっていって、まあ盆踊りみたいに輪になって踊るやつがあるんですけど、それがこう、例えば両手を顔の前で擦り合わせたり、頭を深々と垂れたりと、誰かに謝っているような振りがすごくたくさん出てくるんですよ。あれも天狗への謝罪という意味が込められているんだそうです。もっとも私なんかは、天狗祭りよりも山伏祭りをやったほうがよっぽどいいような気がしますけどねェ」

たしかにそうかもしれない。なにしろ実際に殺されたのは、天狗などではなく山伏たちだったのだから。

「まあ、新参者の私が言えた義理じゃありませんが」

歌川はそう言って唇だけの笑みを浮かべると、お猪口の底に残った鰭酒をくいっと飲み干した。

「そういえば今日、I駅の駅員さんに聞いたのですが」

真備が人差し指で自分の額を差して、

「耕一くんが攫われた日、彼はお祖父さんのつくった天狗の面を被っていたんですって？」

「ええ――まったく恐ろしい符合です」

歌川は肩をすぼめてみせた。

「もっとも、川で頭部が発見されたときは、面は外れていたらしいですけどね」

「後に、もっと川下のほうで見つかったのだとか」

「そう、面と――それからその近くに、トキンが流れ着いていたようです」

昼間の駅員との会話の中にも登場したその単語を、不勉強な私は知らなかった。恥を忍んでいまこの場で意味を訊こうか訊くまいか迷っていたら、隣の凜がそれを質問してくれたので助かった。

「トキンというのは、山伏や、その様子を模した天狗が額に被っているやつだよ。こういう字を書く」

真備は指先で座卓の上に『頭巾』と書いた。「ズキンですか？」と凜が首を傾げる。

「いや、偶然にも同じ字だけどまったく別物だ。ズキンというと、頭の上からすっぽりと被るやつを言うが、トキンというのは額に載せる装飾品で、掌ほどの大きさのものだよ。特に山伏のそれは、黒い布でつくってあって、十二の因縁の数を表して十二の襞(ひだ)が設けてあるのが特徴的だ。彼らが頭巾を身につける理由は、山の瘴気(しょうき)に触れるのを防ぐためとも言われるし、あるいは頭巾そのものが密教の中心仏である大日如来(だいにちにょらい)を表すとも言われている」

「ゴムで、耳に留めるんですよね」

歌川が身振りを交えて口をはさむ。

「しかしまあ――こう言ってはなんですが、面が外れていてよかったですよ。もし天狗の面を被ったまま耕一くんの頭部が発見されていたとしたら、いよいよ天狗の仕業説が色濃くなってしまいますからね」

それから彼は感慨深げに息を吐いた。

それはそうだろう。天狗の首を切り落としたと言われるその場所に、天狗の面をつけた子供の首が浮かんでいたのでは、迷信的な村人たちの感じる恐怖は並大抵のものではあるまい。

「では、耕一くんが殺害された当時、天狗の面を被っていたということは、一般には公表されていないのですか？」

歌川は「いえ」と首を振る。

「地域の新聞に公表されましたよ。私だって、いろいろと偉そうなこと言ってますが、ただその記事を見て知っただけですから。もっとも新聞には、耕一くんが天狗の面を『被っていた』とは書かれていませんでしたけどね。耕一くんの失踪当時の所持品の一つとして、天狗の面が挙げられていただけです。――でも実際、それだけでも村の人々の受ける印象はずいぶんと違いますよ、『被っていた』のと『持っていた』のでは。趣味や娯楽の少ない田舎の人にとって、新聞の持つ権威はまあ、大したものですからね。ほんとによかったですよ、『被っていた』なんて書かれないで」

そう言って歌川は唇にお猪口を傾けたが、先ほど自分でそれを飲み干したのを忘れていたらしく、不思議そうな顔で底のほうをふいと覗き込んだ。

ほどなくして、その夜の一風変わった宴会はおひらきとなった。

使った食器を厨房へ下げるのを三人で手伝い、そのまま歌川とは別れた。私たちが厨房を去るとき歌川は、夕食の席を共にするという彼の提言を受けた私たちに、もういちど礼を言った。

厨房を出て、階段を上がったところで、凜が私と真備に「おやすみなさい」と言って自分の部屋へ下がっていった。真備と二人で便所に寄って部屋へ戻ると、もう深夜の十二時になろうとしていた。

「明日はどうするんだ？」

私が押入れから布団を引っ張り出し、真備がその端にぽんぽんと枕を投げ出す。

「べつにこれといって何も計画してないよ。近場を観光でもしてみようか？」

「観光ねえ――あんまりそういう気分でもないけど」

けっきょく何の予定も立てないまま、その夜、私と真備は歯を磨いて布団に入った。窓の外では相変わらず強い雨風の音がつづいている。小さな豆電球だけを残して灯りを消した薄暗い天井を見上げているうちに、私の頭の中ではいつしかあの不可解な言葉がふたたび繰り返されていた。

ゴ…ビラサ……

川縁に佇む（たたず）糠沢老人は、私がその声を耳にしたとき、耕一くんの存在を感じたのだという。

ゴ…ビラサ……

耕一くんはあのとき、いったい何を訴えかけようとしていたのか。

ゴ…ビラサ……ゴ…ビラサ……

私はその言葉の抑揚を、いつかどこかで耳にしたことがあるような気がして仕方がない。子供の頃だったか、それとも長じてからのことか――。暗い天井をじっと見上げながら、私はそれをどうにか思い出そうと努めた。たしかにそれは私の知っている言葉なのだが――。

——道尾くん。

隣で寝ている真備が小さく声をかけてきた。

私は首を回して彼のほうを見る。真備はうつぶせになって、枕の上に重ねた両腕に顎を乗せ、薄く眼をひらいていた。

「寝る前に、ちょっとだけ見て欲しいものがあるんだけど——いいかい？」

「ああ、しかしきみの裸なら、さっき風呂場で見たぞ」

彼は唇の端を微かに持ち上げてみせただけで、黙って自分の枕元に腕を伸ばした。そこには、真備が布団に入る前に置いた、彼の鞄がある。

「これなんだけど……」

鞄のファスナーをひらいて真備が取り出したのは、暗くてよくは見えなかったが、どうやら私が常磐線の車内で見かけた、あのビニール袋に包まれた封筒の束のようだ。真備はそれを大事そうに持ち上げると、私と彼の布団のあいだにそっと置く。

「何か、聞こえないかな」

真備はそんなことを言った。

「聞こえる……？」

彼の言った言葉の意味がわからないまま、私はとりあえず自分の耳に掌を添えて、なんとなくその袋に向けてみた。奇妙な思いで、息をひそめて耳を澄ます。

しかし、風の音。雨の音。

それだけだ。

自分のやっていることがすごく滑稽に思えてきた。

「封筒が、喋るのか？」

私が訊くと、真備は微かにうなずいて、

「――そうだったらいいなと思ったんだ」

そう言った。

「なんでもないよ、悪かった」

彼は低く笑うと、畳の上のビニール袋をそっと持ち上げて、慎重な手つきで鞄の中へと戻す。そのままゆっくりと身体を反転させて仰向けになり、布団を顎まで引っ張って長く息を吐いた。

「おやすみ」

「ああ、おやすみ……」

私は首をひねりつつ、ふたたび枕に頭を埋めた。

こんどはすぐに眠気がやってきた。

それ以上何を思う間もなく、私は眠りについた。

あきよし荘に届けられた『ふくしま新聞』の片隅に、私たちがある男性の自殺の記事を見つけたのは、その翌朝のことだった。

＊＊＊

寒風の中に、けらけらと騒々しい笑い声が聞こえた。

アパートの階段を下りきり、路地に出ようとしていた溝之木亮平(みぞのぎりょうへい)は、反射的に身を引いて郵便受けの陰に隠れた。一階と二階を合わせて八部屋分の郵便受けが並んでいるその場所は、身を隠すにはちょうどいい。冷たいステンレスの感触をトレーナーの肩越しに感じながら、亮平は笑い声が通り過ぎるのを待った。

「啓太(けいた)、誠吾(せいご)、隆志(たかし)――」

口の中で呟く。姿を見ないでも、声だけでわかる。亮平のクラスメイトたちだ。

今日は一月二十日。新学期がはじまった日から数えて、ちょうど二週間が経つ。亮平はその間、いちども学校へ行っていない。行けばどうせ殴られたり蹴られたり、あるいは無視されたりするだけだから。そんなことをされるために、わざわざ学校へ行く必要はない。授業など受けないでも、算数の教科書に載っている計算式はぜんぶ解けるし、テレビを見ていれば社会のことだってだいたいわかる。

「学校なんていらない」

亮平は路地へと出た。クラスメイトたちの気配はすでに消えていた。薄曇りの空の下、半ズボンのポケットに両手を突っ込んで歩きだす。

「亮ちゃんどこ行くの……？」

背後で声がする。亮平はうんざりする思いでアパートの二階を振り返った。そこには、玄関のドアから顔を出し、上体を乗り出すようにして亮平に不安げな視線を送っている母親の姿があった。母はのそのそと玄関を出てくると、太った身体を外廊下の柵（さく）に覆い被せるようにして首を突き出す。

「どこ行くの……？」

「本屋だよ」

「本屋だなんてあんた、学校の子たちに会ったらどうするの？　また顔を殴られたり髪の毛を――」

「平気だよ。誰にも会わない」

亮平はそう言って身体を反転させると、路地を歩きだした。

「亮ちゃんだめよ、外は危ないんだからだめよ……」

咽喉を震わせて訴える母親の声をなるだけ聞かないようにして、亮平は灰色の路地に足を速めた。

ほんとうは、僕のことなんて心配してないんだ——。

胸の中で呟く。

だってほんとうに心配しているのなら、僕が学校に行かなくなったことを叱るはずだ。子供が学校に行かないのは、悪いことだ。子供が悪いことをしているのにそれを叱らないのは、母さんが僕のことを本気で考えていない証拠だ。心配していない証拠だ。

——僕もう学校へは行かないから——

二週間前、小学校三年の最後の学期がはじまる日の朝、亮平は母にそう言った。

あのとき亮平は、自分が叱られるものとばかり思っていた。いやむしろ、叱られたいがためにそんなことを言いだしたのかもしれなかった。自分をいじめるクラスメイトたちに「やり返してやりなさい」とか、「正面から向かっていきなさい」とか、そういったことを言ってもらいたかったのだ。しかし、母は亮平の期待を裏切った。期待を裏切って「そおう」と高い声を出し、嬉しそうに大きくうなずいた。いいのよいいのよ、あんな危ない場所へは行かなくていいのよ――。

「僕はペットなんだ。犬とか、猫といっしょなんだ」

あのときの母の、満面の笑みを思い返しながら、亮平はポケットの中できつく拳を握る。人気（ひとけ）のない路地で、自分のスニーカーの足音だけがざりざりと耳につく。

この二週間に二度、担任の女性教師が亮平のアパートにやってきた。しかし母は亮平を教師の前に出そうともせず、わけのわからない理屈を振りかざして追い返してしまった。うちの子は身体が弱いから外は危ないからクラスの子たちはまともじゃないから――。

「母さんも、いらない」

もうすぐ本屋だ。

本屋へ行くといっても、本を買いに行くわけではない。冒険をしに行くのだ。棚の手前にずらりと平積みにされた漫画本の表紙を眺めて歩き、戦士やスポーツ選手や子供の名探偵の登場する物語を、頭に描くのだ。いろいろなキャラクターたちが、亮平のつくり出す物語の中で混じり合い、戦い、助け合い、あるいは遠くへ旅に出たりもする。誰かのつくった物語を読むよりも、そうして自分で思い描いた物語の中で自由に遊んでいるほうが、何倍も楽しい。

最後の角を曲がり、ふと亮平は立ち止まった。

先ほどアパートの前を通り過ぎていった三人のクラスメイトたちが本屋の店先にたむろして、三台並んだガチャガチャのケースの中をしきりに覗き込んでいる。それぞれ片手に小銭をちゃりちゃりいわせているところをみると、きっとどの景品を狙うかの相談をしている最中なのだろう。

亮平は素早い動きで二、三歩後退し、そばにあった自動販売機の陰に隠れた。

そのまましばらく待ったが、クラスメイトたちはいっこうに立ち去る気配はない。そっと顔を出して見てみると、彼らはいつのまにか本屋の店先に並んで座り込んでしまっていた。

亮平はそろりと自販機の陰からにじり出ると、コンクリートの塀に張りつくようにして、慎重にその場を離れた。歩いてきた道を戻り、アパートへと向かう。

亮ちゃんお帰りなさい——。

もう危ないところへは行っちゃだめよ——。

母の声が耳の中で聞こえる。

「嫌だ……」

歩きながら、亮平は顎に力を込めた。

「僕は帰らない。僕は家出をするんだ」

適当なところで角を曲がり、脇道へ入る。これまで歩いたことのない道だ。

見知らぬ景色が、亮平の鼓動を速める。灰色の空が、新鮮な不安で亮平の胸を満たす。この愛染町も、今日で最後かもしれない。もう戻ってこないかもしれない。

古い家並みのあいだを縫うようにしてしばらく進むと、急に右手の景色がひらけて、そこに一面の田圃（たんぼ）が広がっていた。

なんだ、ここか――。

がっかりして、亮平は立ち止まる。

亮平はその場所を知っていた。右手に田圃、左手には十軒ほどのおんぼろの借家が建ち並ぶ一帯。母に連れられて、亮平はときおりここへ来ることがある。借家の大家である母が、貸している家の状態を確認して回るのに付き合わされるのだ。もっとも、修繕費を惜しんで白蟻に食わせるがままにしてある借家には、いまでは半分ほどしか入居者がいないらしい。

しかし、ここが自分の住むアパートから歩いてこられる距離にあるとはこれまで知らなかった。いつもは母の運転する軽自動車の助手席に乗せられて来るのだ。たかがこれほどの道のりを歩くのさえ無精がって、車になど乗っているから、きっと母はあんなにみっともなく太ってしまうのだろう。

石を蹴ったり地面に盛り上がった霜柱をつぶしたりして田圃の側道で遊びながら、しばらく亮平は時間をつぶしていた。学校のことも母のことも、母と二人きりで暮らすあの陰気なアパートのことも、全部忘れてしまいたかった。

田圃の側道の先から、一匹の茶トラの猫がのんびりと歩いてくる。亮平がしゃがみ込んで、「おいで」と片手を差し伸べると、猫はとことこと近寄ってきた。

「——どうしたの？」

しかし、猫は亮平の目の前まで来ると、急に立ち止まって身体を硬くした。じっと自分の正面を見つめたまま、耳をぴくぴくと小刻みに動かしている。

「何か、聞こえるの？」

耳を澄ましてみた。

何も聞こえない。

いや——。

「誰か、叫んでる……」

どきりと心臓が鳴る。亮平は地面にしゃがみ込んだまま、息を殺してそろりとあたりを窺った。冬の干涸びた田圃に、人影はまったくない。ゆっくりと視線を移動させる。畦道、側道、借家の家並み。誰もいない。

——叫び声。たしかに聞こえている。学校の入り口の、錆びついた重たい校門をひらくときの音に似た、甲高い、細かく震えた、耳障りな声。とても人間の出す声とは思えない。こんな声で叫んだら、叫んだその人の頭がひび割れてしまうのではないか。咽喉が破れてしまうのではないか。いったい誰が。いったいどこであんな——。

「あそこ……」

亮平の視線は、ある一点で静止した。それは一軒の借家だった。

「お婆さんの家……」

亮平はその家の入居者であるお婆さんを知っていた。母に連れられて、何度か彼女の家に行ったことがあったからだ。名前はたしか、呂坂寿々。母は惣菜（そうざい）の残りなどをタッパーに詰めて持っていった。そのたびお婆さんにとても喜ばれていたが、じつは母の目的はそれを渡すことではなく、呆けておかしくなってしまったお婆さんが、自分の家に何か変なことをしていないかどうかを確認するというところにあった。

でも、お婆さんは死んだんだ——。

そう、二年ほど前に、呂坂寿々は死んでいた。自殺だったらしい。いまはその家には、お婆さんの息子である四十歳くらいの男が一人で住んでいるはずだ。亮平はその男の顔も何度か見たことがあった。どこか虚（うつ）ろな眼をした、陰気な男だったように憶えている。あの人は働いていないのだと、いつだったか母が言っていた。

あのおじさんの声——？

亮平はとたんに気味が悪くなった。おんぼろの借家の構えをじいっと見据えたまま、身体を硬くする。

そのとき、静かな田園風景の中に響いていた長い長い叫び声が、唐突に途切れた。

ぷっつりと。

そしてそれきり何も聞こえなくなった。

そのことに亮平はいっそうの不気味さを感じた。

すぐ近くで物音がして、亮平は息を呑む。見ると、先ほどの猫が亮平に尻尾を向けて田圃の側道を一散に走り去っていくところだった。

もう帰ろう――。

亮平は立ち上がる。そしていましがた走り去った猫を追うように、田圃の側道に一歩足を踏み出した。しかし。

…………。

恐る恐る振り返る。

何かあったんだ――。

肋骨(ろっこつ)の内側で、心臓がとくとくと短い間隔で脈打ちはじめるのがわかる。

誰か人を呼ぼうか。

いや――。

気がついたときには、亮平はそろりそろりと歩きだしていた。まるで何かに呼び寄せられているような、奇妙な感覚。何かが自分の両足を交互に引っ張っているような。

肩を寄せ合うようにして並んだ、ぼろぼろの借家。その中でもひときわみすぼらしい、あの一軒。亮平は一歩一歩そこへ近づく。枯れた雑草の生い茂る玄関先に立つと、尻がぞくぞくして、みぞおちのあたりがぐっと重たくなるのを感じた。

あたりはしんと静まり返り、閉じられた引き戸の奥には人の気配というものがまったく感じられない。しかし、叫び声はたしかにここから聞こえていたのだ。

亮平は木枠の引き戸の前まで進み、小さく声をかけた。

「すみません……」

返答はない。亮平はもういちど同じように声をかけてみたが、やはり中からは何の物音も聞こえてこなかった。

引き戸に手をかける。鍵がかかっておらず、軽く力を入れると戸はいとも簡単に敷居の上を二十センチほど移動した。たたきに眼をやると、ぼろぼろに履き古された男物のスニーカーが、離ればなれに転がっている。

室内は薄暗い。首を突き出すようにして、亮平はじっとそこに眼を凝らす。

ひくりと頬が震えた。

裸で血まみれの男。真っ赤な畳の上に、這い蹲るような格好で、捨てられたマネキンのように静止している。男は玄関に尻を向けていて、亮平の位置からは、男の白い踵と、筋の強張ったふくらはぎと、痩せた腿と、肛門が見えた。

まるきり、動かない。

どう見ても死んでいる。

男のすぐそばに、無造作に横倒しになった鏡台。引き出しが一つ抜け落ちて、化粧品が畳の上に散らばっている。鏡台には三面鏡がついており、三枚の鏡のそれぞれが、男の背中と、男の正面と、天井を映し出していた。男の顔はその三面鏡のほうを向いている。まるで自分の最期の様子を確認しながら息を引き取ったかのように。風呂にでも入っていたのか、男の全身は、ぬらぬらと濡れている。

あのおじさんだ――。

亮平は戸の隙間を抜けて玄関に入る。上がり框に自分のスニーカーの爪先をぶつけて、半分たたらを踏みながら和室に踏み込む。

ハーモニカ――。

男の傍らの畳の上に、一本の汚いハーモニカが転がっているのに亮平は気がついた。しかしそんなものを見ている場合ではない。亮平はすぐにハーモニカから視線を外すと、正面に向き直った。

恐る恐る、男の顔を覗き見る。

ぎょっとした。細かい血管の浮き出た白眼を剝いて、顎を重力の方向へがくりとずらし、涎をまとわりつかせた舌をだらりと唇の端に垂らして動きを止めているその顔は、男の血みれの姿そのものよりもよほど気味が悪かった。

昆虫の前脚のように前方に投げ出された二本の腕。畳にしがみつくような格好で、鉤形に曲げられた十本の指先。並んだ関節が白々と浮き出ている。

手首を切ったらしい。いまも男の左手首からは、どくどくと新しい血がとめどなく流れ出て、畳の上に赤黒い染みを広げつつあった。亮平は思わず眼をそらす。

ん――。

ふと亮平の視線が止まったのは、男の右手だった。

畳を摑むようにして曲げられた五本の指の内側に、何か見える。白くて四角いもの。たぶん、封筒。まるで男はそれを守りながら息絶えたかのようにも見えるが――。

亮平は勇気を出して、男のそばへと近寄った。腕を伸ばし、震える指先を封筒に近づける。そうしているあいだにも男の左手からは、真っ赤な血がとめどなく流れつづけている。先を争うようにして、どくどくどくどくと——。

待てよ——。

亮平は思った。

血が出ているということは、まだ死んではいないということではないのか。心臓が動いているから、こうして血が流れつづけているのではないのか。もしやこの人は、単に気を失っているだけなのでは？　いまならまだ間に合うのでは？

「おじさん！」

亮平が男の顔を振り返ったとき——。

ぱちりと二つの眼が見開かれた。

男の眼ではない。男の顔にある眼ではない。二つの瞼が捲れて、その奥から二つの眼球が現れたのだが——それは男の顔に現れたのではなかった。それはてらてらと赤く濡れた男の背中に、突如として現れたのだった。背骨をはさんで、左右に一つずつ。

眼球が、ぐるりと回る。

ぴたりと静止する。

二つの眼球はその視線の先に、立ちすくむ亮平の顔を捉えていた。恨むような、訴えるような眼。それがじっと亮平を見つめていた。頭が真っ白になった。しばしのあいだ亮平は、男の背中に現れた眼と見つめ合う格好で、身体を硬くしていた。ぞわぞわとトレーナーの内側で鳥肌が生じて——気がつくと——。

「うううああああああああ！」

亮平は畳を蹴って駆けだしていた。和室を走り出て、玄関の上がり框を飛び降り、たたきでがくりと膝を折る。足が上手く動かない。膝に力が入らない。いつもはどうやって両足を交互に動かしていたのだか、思い出せない。片腕を伸ばして引き戸をあけ放つ。外の光が見えた。亮平はそれに向かって蛙のように四つん這いで飛び出した。両手両足をばたばたとやたらに動かしながら、とにかく前進する。あの眼が背後から自分を見ているかもしれない。追いかけてくるかもしれない。やがて亮平はなんとか二本の足で立ち上がると、自宅のアパートを目指してがむしゃらに走りだした。走りながら、亮平は心の中でつづけざまに叫ぶ。

またあれが現れた——。

僕はまた見てしまった——。

この作品は二〇〇五年一月小社より単行本として、二〇〇六年一月幻冬舎ノベルスとして刊行されたものを文庫化に際し、上下巻に分冊したものです。

幻冬舎文庫

●最新刊
子どもあっての親
――息子たちと私――
石原慎太郎

それぞれが個性豊かな人間に育った石原家の兄弟。彼らは父と何を語らい、何をともにしてきたのか？　弟・裕次郎や両親との心温まるエピソードも交えて明かされる、感動の子育ての軌跡。

●最新刊
社外取締役
牛島　信

大学で日本史を教える高屋はある日、大手企業の依頼で社外取締役に。だが、この安請け合いが彼の人生を狂わせる――。真のコーポレートガバナンスのあり方を問う、企業法律小説の傑作。

●最新刊
内館牧子の仰天中国
内館牧子・文
管洋志・写真

今、食材の危険性など仰天報道にさらされている中国。だが、「愛すべき仰天」も何と多いことか！　香港からシルクロードまで縦横無尽に渡り歩き、笑って怒って惚れた中国の仰天エッセイ。

●最新刊
65
乙武洋匡　日野原重明

生きること、働くこと、齢を重ねること、人との接し方、時間の使い方、家族のあり方……最もエッセンシャルなテーマを、年齢差65の二人が語り尽くす。何度も読み返したくなる対談集。

●最新刊
上と外(上)(下)
恩田　陸

夏休み。中学生の楢崎練は家族とともに中央アメリカのG国へ。そこで勃発した軍事クーデター。絶え間なく家族を襲う絶体絶命のピンチ。ノンストップの面白さで息もつかせぬ恩田陸の長編小説。

背の眼（上）

道尾秀介

平成19年10月10日　初版発行
平成23年1月25日　13版発行

発行人——石原正康
編集人——菊地朱雅子
発行所——株式会社幻冬舎
〒151-0051東京都渋谷区千駄ヶ谷4-9-7
電話　03(5411)6222(営業)
　　　03(5411)6211(編集)
　　　振替00120-8-767643
印刷・製本—図書印刷株式会社
装丁者——高橋雅之

幻冬舎文庫

ISBN978-4-344-41036-7　C0193　み-11-1